L'HOMME QUI MENT

Artiste bien connu du grand public, Marc Lavoine est auteur-compositeur-interprète et comédien. Il a signé un premier livre chez Fayard, *Toi et moi, on s'appelle par nos prénoms*, une anthologie d'une revue écrite par un collectif de jeunes autistes. *L'homme qui ment* marque son entrée en littérature.

Paru dans Le Livre de Poche
en collaboration avec Driss El Kesri :

TOI ET MOI, ON S'APPELLE PAR NOS PRÉNOMS

MARC LAVOINE

L'homme qui ment

ou le roman d'un enjoliveur

Récit basé sur une histoire fausse

FAYARD

La couverture de la présente édition reproduit la photographie de Lucien Lavoine utilisée pour l'affiche publicitaire de *L'Humanité* évoquée dans le livre.
L'éditeur remercie chaleureusement Denise Gilbert de lui avoir prêté ce document précieux.

Dessin page 18 : Francis Lavoine.

ISBN : 978-2-253-09876-8 – 1re publication LGF

Dans le cimetière de Wissous, près des pistes d'Orly, sous la pluie comme il se doit, le cercueil de mon père est jonché de fleurs blanches. Je suis au bras de ma mère qui se tient dignement entre mon frère et moi.

Ma famille, des proches, quelques couronnes, dont une sur laquelle on peut lire « À notre camarade Lucien Lavoine – Parti communiste français ».

La messe était dite, Lulu n'était plus.

Alors que la pluie redouble et se mêle à nos larmes, une jeune femme tente de lire un texte de Charles Péguy, interrompue sans cesse par les avions qui décollent et atterrissent. Nos regards comme nos lèvres sont pris en otages entre le fou rire et la gêne.

Lulu, je t'imagine à l'intérieur de ta boîte. Vois-tu cela ? Tu dois rire, comme quand tu regardais ces films italiens que tu aimais tant et dont tu m'as laissé le goût…

Ma mère avait les dents fragiles – mauvaise alimentation pendant la guerre –, mais elle était très belle et de fait cette fragilité timide ajoutait une distance, un charme mystérieux qu'elle a toujours gardé.

Le 6 août 1962, Micheline allait accoucher d'une fille, puisqu'elle avait déjà un garçon, Francis, né en 1957, un jour avant le retour de mon père de la guerre d'Algérie, qui avait l'air pressée d'en découdre.

Cette fille se prénommerait Brigitte, et aurait tout pour que Michou puisse jouer à la poupée et tisser au fil du temps un lien de complicité féminine, celui sans doute qu'elle connaissait avec mémé Louise, sa mère, une sainte.

Dans la chaleur du taxi bleu ciel de banlieue qui nous menait à l'hôpital de Longjumeau, une chanson passait à la radio et ma mère se tenait le ventre pour éviter d'accoucher sur la banquette arrière.

Elle priait, en silence, car les prières n'étaient pas le genre de toute la maison. Elle tint bon jusqu'aux marches de l'hôpital, on eut à peine le temps de nous emporter, ma mère et moi, dans la salle d'accouchement, et pouf, j'arrivai comme une lettre à la poste (ce qui tombait bien car Lulu, son époux, mon père, le communiste, travaillait aux PTT. Petit Travail Tranquille, disait-on, ou Paye Ta Tournée...).

Mais là, stupéfaction, la sage femme annonça « c'est un beau garçon ». Folle de rage contre la vie, le ciel et Dieu, ma mère eut du chagrin. Elle ne pourra jamais m'appeler Brigitte. J'avais entre les jambes un petit quelque chose dont maman se serait bien passée et qui faisait de moi l'objet de sa tristesse et de son refus.

Elle ne voulut ni me voir, ni me regarder, ni me reconnaître, elle ne voulut rien savoir, rien entendre. « Dormir. Du silence, qu'on me foute la paix, je veux mourir... » Et ce, durant plusieurs jours.

Je n'étais pas une fille, juste un garçon, rien qu'un bébé masculin dont elle ne voulait pas.

C'est ainsi que ma vie commença, par quelques jours d'abandon et de solitude, d'autant que pour mettre un peu de piment dans tout ça, j'étais entre la vie et la mort. Pas dans une boîte comme la tienne, Lulu, mais dans une couveuse en plastique médicalisée. J'étais atteint, tenez-vous bien, d'une bronchopneumonie double et d'asthme en veux-tu en voilà. Il aurait suffi d'un rien pour que ma mère fût débarrassée de moi. Je n'avais toujours pas de meilleur prénom que Brigitte, ce qui devenait gênant vis-à-vis des autres membres de la famille, lesquels tentaient, tour à tour, de convaincre Michou d'accepter de me rencontrer – sans engagement définitif, juste voir l'enfant dans sa couveuse, elle pourrait juger sur pièce. Ma mère tenait bon. Elle voulait une fille qui s'appelle Brigitte, c'était prévu comme ça depuis longtemps.

J'étais donc en stand-by, en couveuse, avec un panaris, en attente d'une famille, d'un toit, d'un lit et d'un prénom, entre la vie et l'oubli. Tout ça sentait très très bon.

À l'extérieur du cimetière, sous la pluie, au bout de la rue qui longe le mur du boulevard des Allongés, une Clio grise de location était garée, échouée comme une enfant baleine sur une plage désolée du nord de l'Europe, semblable à un chagrin d'amour.

À l'intérieur de l'auto, une femme seule, pleine de souvenirs et les yeux débordants d'eau saline. Catherine, la seconde femme officielle de mon père, était assise, comme en pause, alors que nous nous tenions tous autour du cercueil, y compris Ophélie, sa fille, ma demi-sœur. J'entends encore les murmures surpris de mes amis se demandant qui était cette jeune fille de vingt-sept ans, au bras de mon frère. « C'est la sœur de Marc », chuchotait mon épouse avec gentillesse.

Catherine était interdite de cérémonie. Nous attendrions que tout le monde s'en aille pour faire un deuxième office avec elle, Ophélie, Francis, Billy, Fifi et moi.

Qui avait interdit Catherine de séjour au cimetière en ce jour funeste, mystère et boule dans la gorge ou les choses de la vie, peu importe, c'était le résultat de l'anéantissement de cet empire familial. Tandis que Géromie, la troisième femme officielle de Lulu, se cramponnait dans des gémissements de gallinacé aux bras de mon oncle et de ma tante, tant elle avait de la peine à soutenir son fondement glissant vers le sol, les jambes brisées par la douleur, je regardais ma mère qui ne disait rien.

Et puis cette couronne du PCF à Lulu, comme le vestige d'un combat perdu… La photo était presque parfaite, toute ta vie était là, Lucien, sous cette pluie grise et dans le vacarme des avions. Même les absences faisaient partie du tableau.

Une ombre tout de même, et de taille : Lulu n'était plus, et plus tôt que prévu. Les compteurs avaient explosé. Après une chute idiote de ton lit sur le cul, tu t'étais cassé, tu étais devenu argile, et après les crises cardiaques, les dettes d'argent, l'alcool, la guerre d'Algérie, les adultères, les divorces qui coûtent une tonne, la chute du Mur, Mitterrand au pouvoir, l'humiliation des cocos, de la CGT et du programme commun, les poèmes d'Aragon, le saxophone, Mai 68, te taper de la rééducation à soixante-douze balais, non merci bande d'enfoirés, cette idée-là t'a achevé, elle a eu raison de toi et de tes dernières forces. Tu t'es laissé t'emballer comme une machine dont on perd le contrôle, sur laquelle nous n'avions plus aucun pouvoir, et c'est parti, tout est parti.

Tu es parti.

Quand les choses eurent pris leur place, nous étions quatre, mon père, ma mère, mon frère et moi, plus la chatte Mistouflette, et nous avons eu des bons moments. C'était le temps de l'idéal, la banlieue, les années soixante.

Communistes par notre père qui est aux cieux et catholiques par notre mère qui l'est depuis, nous avons bénéficié, Francis et moi, d'une éducation plutôt contrastée.

La vie était bohème, avec des grosses galères en fin de mois. Le programme de ma famille était simple : on n'a pas beaucoup, on se serre la ceinture, on passe l'année et en juillet, colo, puis en août, Douelle, dans le Lot, le camping sauvage.

C'était la vie des travailleurs, convaincus de bâtir un avenir meilleur – faucille et marteau en têtes d'affiche. La révolution, la grande aventure collective : Aragon, Jean Moulin et Angèle Grosvalet, dont la photo à dix-sept ans figurait dans le livre de la Résistance que tout bon militant possédait et dans lequel on trouvait aussi une réplique de l'Affiche rouge. C'était notre atlas, notre dictionnaire, notre bible.

Maman avait des bibles, des livres de prières qu'elle couvait comme un secret. Moi, je croyais en Dieu depuis l'âge de cinq ans, avant même de savoir qu'elle y croyait aussi. Nous n'en avons jamais parlé. Un jour, j'ai demandé à me rendre au catéchisme, elle me répondit que papa était contre, mais que je pouvais bien sûr, en douce, continuer de croire : ce genre de conviction fait partie de notre sphère intime et il est nul besoin d'embêter les autres avec ça. Du coup, je n'ai jamais évoqué cette question, sauf avec elle. C'est seulement après son départ prématuré que je m'y suis autorisé.

Nous avons donc vécu là, dans cette couronne de banlieue, la grande, près des champs de pommes de terre et des avions qui décollent. Encore la campagne et déjà la ville et ses grues synonymes de grands ensembles qui avaient pris la mesure des choses, cette ville grandissante et moderne aux portes de ce petit village agricole vacillant qui va mourir avec le progrès. Oh ma banlieue, mon pays, mes racines, tu avais encore un visage d'enfant venu d'un temps dont la langue ne se parle presque plus, ici, près des pistes d'Orly.

Banlieue, origine du monde, tu restes dans mon cœur comme la Bretagne pour un Breton, Marseille pour Pagnol, le pays d'origine d'un émigré.

Je me souviens de ta découverte. Mes voyages étaient mentaux, chantés, murmurés, des prières. Toute tentative de mettre mon corps en mouvement devenait un effort douloureux, alors que mon esprit, lui, voyageait plus à l'aise. J'étais et je reste un timide, mais aujourd'hui j'accepte ce que je suis. À l'époque, j'étais mal dans ma peau, encombré de moi-même, prisonnier comme d'une tyrannie, ce qui m'a laissé une sorte de souffle, un voile sur le cœur quand je respire. J'entends encore les garçons de ma classe me surnommer gras double.

Mais parlons de choses plus joyeuses que mes problèmes de poids, évoquons cette époque où nous étions quatre, ces moments merveilleux, la rue des Acacias, le foot, le muguet, la politique, les chansons, les films, les copains, les copines, Dieu et la Vierge Marie.

La rue des Acacias abriterait mon quartier général, dans le petit pavillon de banlieue jouxtant celui de mes grands-parents paternels, pépé Riton et mémé Malou. C'est là que mes années banlieue seraient les plus belles. Mes parents et Francis avaient vécu un temps dans le vieux Wissous, puis ils avaient quitté la rue Lemercier pour s'installer dans cette rue courbe, celle des Acacias, reliant la rue du Parc à celle des Peupliers. Rien de folichon, mais, pour moi, le paradis sur terre.

Des rues en construction où tout semble démarrer, une vie toute tracée, du bonheur pour nos parents, ces enfants d'après-guerre que 68 allait visiter. Moi, ce n'est pas que je m'en foutais, mais le plus important était d'appréhender cette terre nouvelle et promise, de la parcourir par le petit bout de la banlieue. Le premier jour de ma mémoire, le monde me faisait déjà frissonner. Mon pays de la rue des Acacias, le découvrir comme un Christophe Colomb sans tuer les Indiens, traverser le jardin, sortir, aller au bout de la rue. Tout me paraissait grand, féerique.

21 et 23, rue des Acacias, je me souviens. Mes parents avaient mis toutes leurs économies, avec un emprunt de vingt ans sur le dos, dans cette habitation à loyer modéré.

Sur une petite pelouse derrière la maison se dressait un cerisier Napoléon touché par la foudre mais qui offrait de si belles et si bonnes cerises. Il y avait une porte à l'arrière, dont la clef était cachée sous une planche. C'était la porte de toutes les aventures, et nous l'avons souvent ouverte, au point qu'elle devint aussi populaire que celle de devant.

Un petit battant réunissait le jardin des deux maisons ; cela, pour mon frère et moi, constituait un monde à deux faces, un pays merveilleux.

À l'étage, trois chambres. En haut de l'escalier à droite, celle des parents, un salon-salle à manger à gauche avec un balcon sur la rue, en retour la salle d'eau, les toilettes, et tout de suite la chambre de mon frère puis la mienne, et enfin le débarras où était rangé le martinet dont nous coupions une à une les lanières de cuir… À gauche, la cuisine, dont la fenêtre ouvrait sur le jardin, toutes ces pièces entourant un espace intérieur, comme un riad, qui me semblait si vaste.

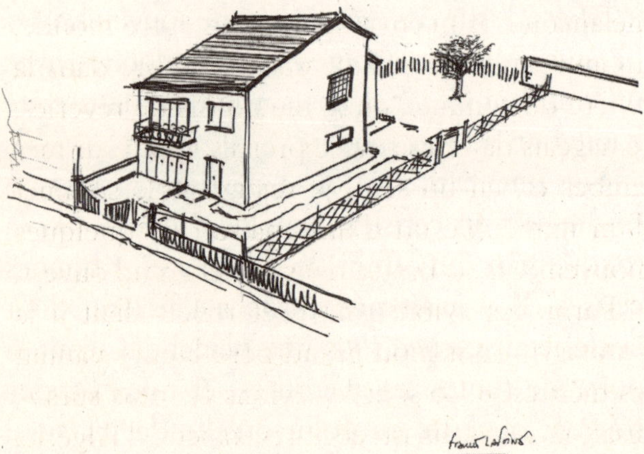

Ma fenêtre, comme celle de Francis, que j'appelais Titi depuis toujours, donnait sur la pelouse et le cerisier, et puis à l'arrière, après notre modeste palissade de bois, sur un parc, celui d'une maison imposante appartenant à des gens inconnus. Je n'ai jamais vu leurs visages, ne les ai jamais rencontrés, ces voisins lointains, je les imaginais riches.

Le plus magique, c'était la nuit. Je laissais ma fenêtre ouverte à l'espagnolette et les volets idem, j'écoutais les avions atterrir et décoller en me berlinant de l'avant vers l'arrière, assis en tailleur sur mon lit dans une quasi-obscurité, chantant des chansons connues ou imaginaires, qui se transformaient en incantations presque religieuses. Je frissonnais de bonheur et de mélancolie, je m'envolais vers un autre monde, un autre moi, jusqu'à ce que je sombre dans la rivière du sommeil où je me noyais de rêveries. Je nageais dans les airs, je prenais appui sur mes jambes et, en un saut, je rejoignais le sommet d'un immeuble ou d'une maison en quelques mouvements de brasse dans le ciel grand ouvert.

Parmi les avions, ma préférence allait à la Caravelle, dont mon grand-père Henry vantait les mérites. « Ce sont les avions les plus sûrs », disait-il. Je savais qu'elles revenaient d'Algérie, ces Caravelle, car elles ramenaient ma tante

Denise, lumineusement belle et mystérieuse, de ce pays empreint d'exotisme.

Je regardais le vent faire s'envoler des arbres les feuilles de l'automne, et mûrir au printemps des fleurs de rosée, puis leurs déshabillements l'hiver venu, en été je ne sais pas, ou alors je ne sais plus… Je partais en vacances pour d'autres couleurs, tout était simple et beau, sauf peut-être mon intérieur et mes contours, mon petit fardeau.

J'allais grandir là. Dans cette maison, dans cette rue, dans cette banlieue-campagne. J'irais à l'école Lafontaine, chez Mme Bellassene. J'irais à la cantine me réfugier souvent dans le parfum si chaud des gros seins de mémé Malou qui y travaillait.

Mémé Malou était délicieuse. Ses goûters, sa voix sucrée, ses petits yeux pleins de bonté, d'amour et de gentillesse, ses paroles douces, rieuses et tendres, son courage, sa force. Il t'appelait Toutoune, celui qui partageait ta vie. Il chantait « Je cherche après Titine » et il buvait pas mal, il devenait alors un peu agressif, un râleur approximatif.

Tu l'aimais, toi, avec son Tour de France, ses pipes odorantes de tabac Caporal, ses flatulences à circonvolutions multiples, ses tonnerres nauséabonds à mettre à terre le grand pétomane. Riton dominait la situation. Il avait pris la décision de ne plus sortir à pied de la maison, je ne sais pas pourquoi, la guerre, la fatigue. Il se gorgeait de Préfontaines à tire-larigot et Malou arpentait la ville pour ne jamais acheter le vin deux jours de suite au même endroit. Des kilomètres pour sauver la face à Riton, absorbé par l'absorption des dizaines de bouteilles que

Malou installait contre le mur au fond du jardin. Le mur se tapissait tous les jours de bouteilles vides par wagonnets, une fortune, au diable les consignes.

Les siestes avec mémé étaient des parenthèses aux volets semi-clos où le temps s'arrêtait, où la température était divine, le duvet moelleux. Ma grand-mère, en chemise de nuit ample et de couleurs passées, avait les seins lourds, d'un blanc laiteux, fragiles comme du papier froissé. Généreux et flottant dans l'amplitude du linge, ils allaient devenir bientôt des oreillers confortables où les sommeils seraient du juste. C'était une fumerie d'opium dans cette banlieue-campagne. S'éloignaient les DS, les Ondine, les Dauphine, les R8 Gordini, les mobylettes bleues. Je laissais derrière moi les bidonvilles de Chilly-Mazarin, les pistes d'Orly, Rungis et ses halles, la prison de Fresnes, la ligne de Sceaux, la gare d'Antony, les terrains vagues à romanichels et ceux de foot, je laissais tout ça dans un flou extérieur et partais pour des ronflettes apaisées.

Que de siestes tièdes avec ma grand-mère, des moments cachés, à nous seulement.

Quand elle enlevait son dentier, elle devenait comme une petite fille timide, et je voyais alors la jeune femme qu'elle avait été. Je la trouvais belle, presque désarmée, nue, à ma portée. Elle devenait une fée, elle était de mon monde.

Mes premiers souvenirs remontent à l'âge de trois ans. Premier jour, première sieste, premier copain dans le lit à côté du mien, Thierry, qui deviendra « Coyote »…

J'étais très attiré par les filles. Ma mère, mes grands-mères, ma tante, ma nourrice, ma maîtresse, les dames de la cantine et mes petites camarades de classe, Sylvie, Fabienne, Christine…

C'est mon frère Titi qui m'emmenait à l'école. J'étais protégé de tout et de tous, Titi suivait les consignes : « Tu surveilles ton petit frère. » Dès que quelqu'un s'approchait, paf ! Il tapait fort. On le surnomma Titi la châtaigne, et j'avoue que parfois j'en profitais, c'était très confortable.

Ma maîtresse, Mme Bellassene, était une brune, aux cheveux longs, très menue. Ses yeux tombaient de chaque côté comme un sapin de Noël dont les guirlandes se seraient envolées. Sa voix était gentille, et elle avait une fille au nom oriental, Ouria, mais pas de mari. Ma grand-mère maternelle, Louise, avait aussi perdu le sien, Nainain Georges, dont je n'ai vu que quelques photos. Un homme bien, disait-on.

Mémé Louise avait une mauvaise vue. Les culs de bouteille de ses lunettes rondes grossissaient son regard bleu délavé. Elle m'appelait « ma poule ». Son mari Georges avait été adjoint au maire. Ils tenaient l'épicerie rue Paul-Doumer dans le vieux Wissous. Des notables, comparés à la famille Lavoine qui n'avait pas un sou. Les Collin, parents de Micheline, leur fille unique, étaient plus à l'aise. Nainain avait été prisonnier pendant la guerre. Il n'aimait pas les Boches et, après son retour, il avait tenu le coup comme il avait pu et s'en était allé prématurément, le cœur plus fatigué que celui des hommes de son âge. La guerre a bonne mémoire et tue parfois ceux qu'elle a ratés sur les champs de bataille.

Le mari de ma tante Denise était algérien, on ne le voyait pas souvent. C'est un souvenir mystérieux que je garde d'Amid, l'homme qui m'offrit une montre. Quand je l'ai rencontré pour la première fois à l'aéroport d'Orly où nous étions venus le chercher, j'ai baissé mon pantalon pour lui montrer mon zizi, et j'ai dit : « Bonjour, je suis un garçon. » Il était médecin et, au sortir de la guerre, c'était presque de la bravoure que de compter un Arabe dans la famille. Leur relation n'a pas duré, je crois me souvenir que cette guerre avait laissé des traces sur lui qui rendirent les choses impossibles.

Les maris des nourrices ou des dames de la cantine semblaient vieux et dans un autre monde, comme des joueurs de belote dans une pièce enfumée. Des hommes de corpulence, aux couvre-chefs divers dissimulant tonsures et cheveux gris, blancs ou jaunes.

Les filles de ma classe n'avaient que moi. Elles étaient légères, fleuries comme des libellules. Sylvie courait et ses souliers claquaient dans la cour où nous jouions à la marelle. Elle sautait bien à la corde et sa jupe remontait parfois. Je pouvais alors apercevoir sa culotte blanche qui me troublait à faire battre mes tempes.

Fabienne était longue et blanche comme un cierge sage, étonnamment calme, peu bavarde. Elle portait des chaussettes ou des collants de laine et des manteaux mi-longs. Ses yeux verts en amande lui donnaient un style fascinant. Je m'étais suicidé pour elle et, par la même occasion, couvert de ridicule et de terre en chutant d'un balcon. Je trouvais ça romantique et je crois qu'elle fut quand même sensible à mon geste de poète en herbe.

Christine était ronde et bouclée, la plus drôle des trois. Je me sentais très bien avec elle, on riait, on s'embrassait et son odeur me rassurait. Elle sentait la confiture d'abricots, ses pulls étaient chauds et son haleine m'emportait dans des rêveries éveillées au milieu des forêts de mon enfance.

Elles me demandaient « laquelle de nous trois tu aimes ? », je disais « toi, bien sûr, c'est toi que je préfère ». Je redoutais le jour où elles me poseraient la question d'une seule voix, comme pour me confondre, j'en faisais des cauchemars. Cela n'arriva jamais et je pus continuer à mentir sincèrement. Je les aimais toutes pour des raisons différentes, elles constituaient à elles trois la femme idéale et je ne savais pas choisir, ou plutôt je ne voulais pas. Le monde des femmes me convenait très bien.

Je suis amusé par l'histoire que l'on m'a racontée. J'étais donc sans prénom dans la boîte en plastique médicalisée qui me couvait, j'étais resté quelques jours avec ma broncho-pneumonie double et mon panaris, tous les membres de la famille avaient défilé pour voir le rejeton rejeté par sa mère – même les infirmières et les médecins venaient aussi nombreux que possible, seule ma mère refusait de me rencontrer.

Pourquoi ce chagrin ? Un de plus ou un des premiers ? Si j'avais été une fille, quelles auraient été ta vie et la mienne, maman ? Peut-être aurais-tu eu dans la place une complice naturelle, une deuxième toi en petite. Tu aurais choisi mes robes, mes chemisiers, mes jupettes, mes socquettes, mes bas de laine, mes colliers et boucles d'oreilles. Tu aurais tricoté dans une autre couleur. À la place du bleu que tu avais à l'âme, le rose t'aurait fait voir la vie autrement. Le bleu te donnait des cernes, le rose aurait pu t'offrir des fleurs et te teinter les joues, va savoir. Des regrets ? Tu me manques en tout, mais je ne regrette rien. Cette vie, je la prends, je la garde telle quelle, avec ses chagrins.

Cette histoire, si petite comparée à la grande, à celle de la vie, cette minuscule histoire, c'est pourtant un monde immense, un amour authentique. Je suis un garçon, maman, il faudra faire avec.

Tu m'as vu pour la première fois et tu m'as regardé de la même façon jusqu'à la fin de tes jours. Les choses ont trouvé leur place, c'est comme ça parfois que les choses se passent.

Pour l'attribution de mon prénom, il y eut une réunion de famille. Lulu voulait Auguste, il aimait ça, « le geste auguste du semeur ». Il essuya un refus catégorique de l'ensemble du groupe. On pensa à Denis, le masculin de Denise, et puis à Luc, Lucien en plus petit. Pépé Riton s'y opposa formellement avec un argument massue : « Luc, à l'envers, ça fait cul. » Ça, il ne l'accepterait jamais de son vivant. C'est alors que maman trancha avec sérénité : « Marc, il s'appelle Marc. »

Tu m'avais donc accepté. Tu ne me coupais pas les cheveux sous prétexte que c'étaient les premiers, tu m'habillais comme une fille, et jusque très tard, quand j'entrais dans une boulangerie, j'entendais : « Et pour la petite fille, ce sera quoi ? » Toi et moi de concert : « C'est un garçon ! » « Je suis un garçon ! Un pain au chocolat, merci, madame. »

Entre nous, les choses s'étaient bien arrangées, nous n'avons pas eu de désaccord, pas de conflit, pas de porte-à-faux. On a ri et pleuré sans jamais se mentir, sans effort, je n'avais rien à cacher et, au fond, tu ne me cachais rien.

Certaines photos vous donnent l'impression que votre mémoire s'étend au-delà de vos souvenirs. Pour moi, le film de ma mère démarre quand j'ai trois ans. Maman, Micheline, Michou. Elle avait du poil sous les bras, ça se faisait couramment à l'époque. Petit bout de bonne femme aux cheveux noirs longs ondulés puis courts, les yeux bleu ciel, jupe au-dessus du genou, pull fin en coton sans manches. Elle avait de jolies jambes et des mollets musclés de sténodactylo marcheuse et travailleuse, jamais en retard, elle avait du chien. La photo est dans mon esprit, tu es là, maman, un peu partout et à toutes les époques en superposition, je te vois à tous les âges.

Je te vois sur ton solex. Je te vois fumer. Je te vois devant la tente bleue de camping au bord du Lot, bronzée et toujours presque heureuse. Je te vois rire, la main devant la bouche pour cacher tes dents fragiles. Je te vois me regarder avec une infinie bonté et une lumière si singulière, un éclat de fierté, un rayon de joie qui me donne encore des vertiges et des frissons. Mais il y avait surtout de la tristesse au fond de ton regard et je n'en connaissais pas encore la raison. Je te vois faire le ménage, passer l'aspirateur, faire la vaisselle, les vitres, les meubles, le parquet. À chaque tache une odeur, un parfum, la cire, les produits pour les vitres, le Paic citron pour la vaisselle et parfois une goutte de sueur sur le front ou, plus subtile, sous l'aisselle. J'étais au comble de l'émotion, tu étais belle comme une Cendrillon.

Je te vois vendre du muguet. Je te vois réfléchir, penser. Je te vois ne rien dire. Je t'entends te taire et les mots que tu penses, je les entends aussi. Je te vois fatiguée. Je te vois étendue dans ta chambre à demi close aux volets entrebâillés et aux rideaux presque fermés. Immobile, tu respires doucement. Tes sanglots déchirés ont le goût d'un amour que tu sais déjà vaincu. Je te vois vendre *L'Humanité Dimanche*.

Je te vois vivante.

Mon père était très sympathique, splendide, éclatant, racé, il avait le chic pour rendre les choses importantes.

Il était ressorti de l'Algérie communiste, cégétiste, et travailleur aux PTT. À l'époque, après l'Algérie et avant 68, le travail, pour un communiste d'une vingtaine d'années avec deux enfants et une femme ravissante, compte bien moins que la cause, LA cause, les idées, celles qui, dans les rêves de mon père, allaient changer ce monde à la suite d'un tremblement idéologique. Une prise de conscience universelle et internationale sera le genre humain, etc.

Il était beau, parfait brun, petite coupe, petite moustache, assez grand, portant bien un sens de l'humour et celui de raconter les histoires.

Ma mère, Francis et moi étions fans. Nous te regardions comme un héros, nous te mangions des yeux, tu nous faisais rire et tu gardais toujours cette fraîcheur qui, s'ajoutant à tes aptitudes intellectuelles et à ton physique à la Jean-Claude Drouot, te donnait une classe naturelle, une forme de grâce. Tu étais drôle et autoritaire, créatif et aventurier, tu nous embarquais dans la grande aventure de la vie et on allait te suivre, emballé c'est pesé, les yeux fermés, on était bien.

Maman revenait de maison de repos pour une raison qui nous échappait à mon frère et à moi. Francis semblait ressentir aussi une certaine souffrance, une mélancolie, mais on était heureux, la vie était à découvrir.

Francis me protégeait, maman allait au travail, faisait le ménage, le dîner, repassait, nous aidait pendant nos devoirs, nous lavait, nous couchait, nous endormait en nous racontant des choses douces et en dessinant nos visages avec son index. Elle disait « des petits yeux comme ça, des petites joues comme ça, une petite bouche comme ça » et, avec sa voix calme, « des petites oreilles comme ça, un petit menton comme ça, et un front comme ça ». Mon amour. Elle savait nous parler pour nous préparer à la nuit et aux rêves.

Papa travaillait souvent, mais quand il rentrait, c'était comme un événement, la fête, les copains, le Parti, les disques de jazz, de Trenet, le temps d'une année scolaire jusqu'aux vacances.

C'était drôle, tu partais pour ton travail et comme tu cumulais jusqu'à mélanger les PTT, la politique et les activités syndicales, tu nous intriguais et tu nous parlais de la vie à grande échelle, pas celle du quotidien, celle des grandes décisions qui allaient se prendre, celle des grands combats qu'il faudrait mener pour en finir avec la droite.

Tu nous racontais ta vie, elle se confondait avec l'histoire du pays et du monde. Tu as commencé par tes désirs que l'existence avait laissés sur le carreau, le jazz laissé pour compte pour cause d'études, tu te voyais faire médecine, puis tes études foutues par terre pour cause de guerre et un mouflet.

Et tu pars en Algérie, contre tes idées qui commencent à mûrir. Te voilà en kaki sous les drapeaux, dans un pays auquel tu ne veux aucun mal, et tu te retrouves infirmier. Tu vas côtoyer la souffrance des hommes, la solitude, l'injustice, toi gamin de la Seconde Guerre à peine adulte, plus tout à fait môme, tu es soudain au cœur de l'enfer, à soigner des hommes blessés ou à les recouvrir d'un drap maculé de sang quand il est trop tard. Tu n'es pas sur le champ de bataille, mais tu recueilles chaque jour ceux qui y sont tombés. Tu te laisses pousser la barbe, tu soignes, tu apprends les hommes dans leur complexité et tu es en colère, mais au fond de toi tu gardes espoir, tu crois en l'humanité. Ta barbe pousse et tes idées font leur chemin. Les Algériens dont tu t'occupes à l'hôpital ont des infections oculaires, toi, tu disposes d'un produit qui apaise et soigne ces maux, tu aides comme tu peux, l'infection disparaît peu à peu des yeux des Algériens. Ils te considèrent comme différent des autres, tu t'occupes d'eux, de leur courrier, parfois tu écris pour ceux qui ne peuvent plus. Les Algériens t'aiment bien et tu aimes bien les Algériens. Tu ne comprends pas cette guerre, elle est contre nature et ne génère que souffrance. Ils aiment ta barbe, ils te font confiance, ils t'appellent « boulhaya », « le Barbu ». Un jour, tu écris une lettre pour un prisonnier qui a été torturé, tu te fais attraper avec du courrier et tu es interrogé, quels sont tes liens avec les Arabes ? Tu expliques la vérité et ton interrogatoire dure des jours. Tu seras envoyé sur le terrain, éclaireur de pointe de ta section.

Te voilà donc devant, à un kilomètre des autres, tu crapahutes. C'est toi qui signales si la voie est libre ou pas. Un poste très dangereux, espérance de vie limitée. Tu coupes ta barbe car tu sais que ce geste, celui de te raser, peut te sauver la vie. Se laver, se raser quoi qu'il arrive dans ce milieu hostile où tu ne sais plus rien. Tu te rases, tu te laves avec ce que tu trouves, comme tu peux, pour ne pas sombrer. Tu as vu ceux qui se sont laissés aller. Ils sont tombés sous les balles ou ont été faits prisonniers et retrouvés morts les couilles dans la bouche. Et toi, l'éclaireur de pointe, tous les jours ça recommence, tu te rases, tu avances et tu communiques avec ton chef. Des mois dans ce pays que tu aimes et où tu combats malgré toi.

Tu deviens très fragile, tu es dévasté de dégoût, mais ce n'est que le début. Les conditions météo et politiques se durcissent sérieusement. Tu détestes de Gaulle et l'empire colonial. Et puis, un jour, tu rejoins ta section après une longue marche, vous êtes installés sous des arbres près d'un cours d'eau, la nuit tombe. Tes camarades et toi, à tour de rôle, allez dormir et prendre le quart. Tu es relayé par l'un d'eux qui montera la garde et tu t'endors. Soudain, le cauchemar. Vous êtes attaqués par les fellaghas, cela dure à peine quelques minutes, coups de feu, de couteau, égorgements et cris de stupeur, puis plus un bruit, quelques mots en arabe. Toi, tu fais semblant d'être mort, tu te fais le plus petit possible, tu réduis ta respiration au maximum. Tout à coup, un homme te saisit, te retourne et pose le canon de son fusil sur ton front. Cet homme ne hurle pas, vous demeurez en silence l'un en face de l'autre, toi au bout de son fusil, et tu reconnais cet homme, tu l'as soigné, tu as transmis son courrier à sa femme. Mais ta bouche n'émet aucun son, aucun nom. Ces instants durent une éternité, tu es pétrifié, tu n'as plus cette barbe qui t'avait rendu populaire à l'hôpital militaire. Tes yeux se fixent au fond des siens, il va tirer, mais il doute, il te dévisage. Il te reconnaît, alors il te dit « le Barbu… tais-toi » puis, d'un violent coup de crosse, il t'assomme.

Quand tu te réveilles à l'hôpital, on t'apprend que ta section a été massacrée, tombée dans une embuscade. Tu es le seul survivant et les questions recommencent. Tu es vivant, pourquoi ? Pourquoi toi et seulement toi ? Et puis, faute de preuves, on te libère et tu finis par rentrer au pays.

Tu prends ta carte au Parti communiste français. Tu t'engages pour défendre ton idéal. Tu vas mal dormir durant des années, tu ne parleras pas et tu garderas au fond de toi cette douleur. Tu es revenu vivant, mais quelque chose en toi était mort, resté là-bas avec tes camarades, tes compatriotes dont pour certains tu n'aimais pas les idées, et les Algériens, ces ennemis dont tu pensais qu'ils avaient raison de se battre pour leur liberté et pour qui tu éprouvais des sentiments fraternels. Tu es rentré cassé, brisé, dévasté.

Un héros survivant qui devra se reconstruire comme il pourra.

L'engagement pour un monde juste, c'était ça le chemin, l'espérance. Francis était né la veille de ton retour, moi je vis le jour quelques années plus tard. Tu te retrouvais père de famille revenant d'une guerre qui te faisait honte.

Tu as aimé 68, mais aujourd'hui je me demande si tu n'as pas préféré 69. Je n'en savais rien alors. On a marché au rêve communiste qui ne se réalisera sans doute jamais. Pour l'heure, notre famille, notre maison vivait bercée par ce rêve que le monde contestataire partageait avec nous. Angela Davis, Salvador Allende, les opposants à la guerre du Vietnam, nous les grévistes, les manifestants contre de Gaulle, Pompidou, Giscard.

Lulu, tu avais mobilisé toute la famille pour suivre tes engagements. Chaque élection, seaux, pinceaux, colle, affiches Parti communiste. Programme commun : la nuit, nous nous tenions à tes côtés, et c'était formidable cette impression d'être dans la Résistance. On vendait le muguet le 1er mai et, tous les dimanches, *L'Huma*, dont les dessins de Cardon faisaient ta joie. Nous, on s'occupait du local, à Wissous ; toi, tu t'occupais du national. CGT, PTT, les grandes grèves, les grandes décisions, c'était trop pour nous, c'était ton job. On ne savait plus très bien d'ailleurs si ton boulot, c'était PTT ou PCF. Le dosage, c'était un tiers CGT, un tiers PTT et ton tout communisme, tout ça nous dépassait un peu et nous faisait rêver.

Chaque année en juillet, mon frère et moi partions avec les PTT en colonie. Cela faisait de nous des petits hommes et nous préparait au mois d'août, en famille. Au début nous avions une 2 CV camionnette, puis une 4L pour de nombreuses années.

On chargeait la voiture, on prenait la nationale 20 jusqu'à Cahors, et hop, on arrivait à Douelle. Là, dans un champ prêté par des amis agriculteurs, nous plantions notre grande tente bleue, non loin d'un noyer magnifique, près du chemin de halage, au bord du Lot, fleuve merveilleux qui serpente de Luzech à Mercuès, de Cahors à Douelle, Albas, Saint-Cirq-Lapopie, arrose le gouffre de Padirac, la grotte de Pech-Merle, jusqu'à Montcuq, des causses aux vignes et aux plantations de tabac. Vie rurale et subtile, Occitanie rieuse aux méandres bouclés du Lot et du pont Valentré… Et ma mère, et mon père, et mon frère et moi chantions Trenet, Brassens, et cætera. Notre tente plantée, on fabriquait des toilettes, installait sur un trépied la vache à eau marron, le feu de camp au centre en respectant la règle des distances – la vie tournerait autour du feu. Des moments semblables à des films en super-8, les matins bol de chocolat et tartines-croissants, les baignades, les pique-niques, les parties de pêche à l'ablette, les marches sac au dos. La traversée du pont Valentré était toujours un événement, ses trois tours dont celle du milieu ornée d'un diable supposé dissuader les Romains d'avancer. La visite de Saint-Cirq-Lapopie comme les mystères de la vallée du Célé me restent tel un souffle frais, émouvant et un peu solennel. Les ruelles grimpantes et descendantes, fleuries de roses et d'échoppes d'artistes et d'artisans…

Douelle, petit village entre Cahors et Luzech, sur les bords du fleuve. Nous avions découvert le Lot grâce aux conseils de notre médecin de famille. J'avais joué avec la queue d'une casserole dans laquelle bouillait gentiment le lait du matin, et celle-ci s'était renversée sur mon ventre, son contenu faisant fondre mon polo de nylon rouge sur ma peau. Maman poussait des cris d'impuissance, et mon père, sous les yeux de Michou et de Titi médusés, avait arraché le nylon. Le docteur avait dit : « Le Lot est une rivière non polluée et des bains quotidiens auront raison de ces brûlures. » Nous partîmes donc à Douelle.

Les douelles étaient fabriquées dans ce village puis transportées par bateau jusqu'à Cahors, les douelles étant ces lattes de bois souples qui, réunies et cerclées de fer, constituaient les fûts dans lesquels le vin rouge des coteaux de là-bas vieillirait tranquillement et sûrement pour étancher la soif des générations futures. L'Occitanie était loin de Paris et certains disaient même qu'après Brive-la-Gaillarde il fallait chausser des raquettes pour atteindre la capitale. C'était notre irréductible village gaulois, plus proche des fêtes de Bayonne que de celle de *L'Humanité*.

Les commerçants de Douelle étaient tous des personnages pittoresques. L'Auvergnat, des airs de Brel et l'accent de Fernandel, était d'une gentillesse rare, son épicerie belle comme un tableau italien. L'auberge de Malic, dont le fils Richard est encore dans mon cœur, résonnait des commandes d'une clientèle attablée sous le soleil de plomb, confit de canard, pâté de campagne, fricandeaux, cabécou, une poésie comestible à digérer tranquille en pétanque fainéante sous les noyers de la place. Le fils du boucher était surnommé Bavette – il avait passé sa jeunesse à éplucher les bavettes –, et leur boutique était un lieu de culte et de conversations chantantes. Bavette avait un succès fou avec les filles, qu'il épluchait mieux encore que ses pièces de viande, délicieuses au demeurant. Lemozi, l'autre hôtel-restaurant où nous avons séjourné : je m'en souviens, on était un peu surclassés. Enfant, j'avais l'impression que c'était du luxe, je me sentais mal dans ma peau. Je préférais la tente, je me sentais mieux en colo ou en camping sauvage.

Maïté, la fille des Lemozi, avait une très jolie fiancée. J'adorais ces deux femmes. Maïté était forte, pas très grande, avec de très gros seins ; Marie-Claude était ravissante, grande, mince, les cheveux courts et bruns, un sourire éclatant, l'œil polisson et une paire de nichons à faire tomber la terre entière.

Nous allions chercher le lait, les œufs, le vin, les tomates chez nos amis paysans, la famille Raynal. À chaque passage à la ferme, nous restions de longs moments, dans des parfums de bouse de vache, d'essence de tracteur Massey Ferguson, de lait et d'œufs frais, avec quelques plumes de poule encore collées sur les coquilles. Lui était sec et souriant, tendu, le cuir tanné. Elle était bonne mère, toujours le mot gentil et coquin, généreuse, nous refilant des tomates et des haricots à l'œil. Le grand-père avait des couilles énormes et ne disait qu'un mot, toujours le même, sur des tons différents. Selon qu'il était content ou nerveux, d'accord ou pas d'accord, en colère ou impatient, il disait « la jauge, la jauge, la jauge », on ne le comprenait pas toujours, et la vieille ne traduisait pas. Elle était courbée à force de travailler dans les champs. Je pensais qu'un soir elle n'avait pas pu se déplier et qu'elle avait gardé la pause pour toujours. Elle conservait un pot de crème fraîche dans la cuisine-salle à manger de la ferme. Un jour, par curiosité et parce que j'avais faim, profitant qu'elle était aux toilettes et sachant qu'à son âge le voyage durait un certain temps, je me suis permis de prendre une cuiller à soupe et d'ouvrir le pot de crème fraîche pour lui en voler quelques cuillerées. Ma surprise fut totale et mon corps entier pris d'un haut-le-cœur quand ma cuiller remonta du pot une dose de glaires verdoyantes. Le crachoir de l'ancêtre avait donné une sévère leçon à l'enfant que j'étais. « La gourmandise est un vilain défaut » prit toute sa valeur ce jour-là.

Lulu, toujours aussi charismatique, était très à l'aise dans ce milieu rural. Ma mère aussi d'ailleurs, mais il émanait de mon père un charme que je ne savais pas nommer. Je les voyais, lui charmant et ma mère en retrait. Elle avait adopté une certaine joie de vivre, mais je percevais sa détresse et j'étais intrigué par la question que celle-ci soulevait.

Après le 15 août et sa fête votive, que nous célébrions avec nos amis les Battut – le père Battut, le patriarche et garde champêtre, une légende à la Émile Jacotey, un homme de la terre, un ancien serf, une icône pour toute ma famille, un cœur pur, on l'aimait, je l'aimais, il m'aimait, il m'appelait Marcou avec l'accent –, après le 15 août, donc, c'est la redescente vers la rentrée, le début des orages. Ah, les orages ! Micheline en avait tellement peur, ayant vu la foudre tomber quand elle était petite dans la rue Paul-Doumer, devant l'épicerie de ses parents. Elle en était restée traumatisée. Ma mère poussait des cris incroyables, des cris-tremblements, elle redevenait une petite fille, je riais de l'entendre, elle nous disait « Francis, Marc, arrêtez, j'ai peur », et Lulu d'ajouter « arrêtez, elle fouette », mot que Lulu appliquait à la peur, mais qu'il pouvait utiliser pour dire « oh tu fouettes, le môme, t'as lâché une bulle », ou encore « tu fouettes des nougats ». De toute façon, mon père nous faisait rire, même Michou riait quand l'orage se calmait. Et quand il revenait avec fracas, elle hurlait de nouveau.

Elle riait des mots de mon père, même si je sais qu'elle commençait à le détester un peu.

Elle l'aimait, pourtant je sentais que le ver était dans le fruit défendu. La main n'était pas dans le sac, mais planait le soupçon, une sorte de petit doigt qui vous dit qu'il y a peut-être anguille sous roche. Bref, maman avait des doutes. Mais elle faisait comme si de rien, des doutes ne font pas une certitude.

Hélène était une amie de papa chez laquelle il me déposait de temps en temps. Elle avait un appartement à Fontenay-aux-Roses et une Fiat 600. Elle était communiste, c'était une camarade. J'étais encore petit et j'avais l'impression de vivre dans la clandestinité. Les conversations politiques ne m'échappaient pas. Ils parlaient des prochaines élections ou des manifs, puis Lulu me laissait avec elle et partait régler des affaires urgentes.

Elle était petite, Hélène. Ils étaient très liés, ça se voyait, ils faisaient très modernes, très souriants, de vrais amis. Quand ils prenaient un café, on sentait la complicité, ils écoutaient Ferrat, « La matinée se lève », il y avait une belle ambiance. Une fois mon père parti, je demandais à Hélène de jouer avec moi. Je devenais le docteur, elle était très patiente et se laissait faire avec gentillesse. Elle me regardait presque comme un fils, pour me faire plaisir et peut-être aussi qu'elle aimait bien ça.

Nous murmurions et nous jouions. Je devenais docteur du monde des enfants, pour des jeux presque adultes. Je lui demandais de s'allonger sur le canapé en tissu vert kaki clair et je dégrafais son corsage. Elle se laissait faire, je frissonnais, elle aussi, elle fermait ses yeux bleu-vert et je la regardais avec beaucoup d'intérêt. Je lui caressais les épaules, le cou, j'embrassais son cou puis ses joues puis ses lèvres. Des petits sourires de gêne et de plaisir dessinaient sa bouche aux dents blanches légèrement chevauchées. Je lui demandais de jouer l'endormie, elle me suivait, je regardais son soutien-gorge dans le silence et la lumière douce de Fontenay-aux-Roses, ma main caressait ses seins petits qui ne remplissaient pas les bonnets blancs de son sous-vêtement. Le jeu nous permettait de franchir ces frontières. Son ventre était fin et discrètement musclé, aux côtes apparentes. Elle avait un joli nombril et j'aimais sa respiration frissonnante. Elle portait des jupes courtes en laine délicate à motifs prince-de-galles, avec un léger battant fendu jusqu'à la moitié, près de son sexe sur lequel ma main se promenait par accident, pardessus le tissu qui nous séparait. Ses cuisses étaient parfaites. C'était une petite femme aux petits pieds d'enfant. Je la caressais du bout des doigts, elle me laissait faire et je la caressais partout. Sa peau blanche avait la chair de poule, ses joues se teintaient parfois d'un léger rose et je prenais mon temps, qui passait trop vite à mon goût.

J'étais môme, encore petit, mais j'aimais beaucoup ces heures de liberté qui échappaient au reste du monde et à ses jugements. L'heure venue, elle se redressait doucement, me souriait gentiment, je l'embrassais sur la bouche, lèvres fermées et tremblantes, je caressais ses jambes et tout son corps une dernière fois en rêvant déjà de la prochaine. Puis elle attrapait ses vêtements. J'étais bien. J'aimais la voir se rhabiller, cela faisait partie de la beauté du film, un générique de fin. Elle rajustait sa jupe, refermait un à un les boutons de son chemisier et semblait déjà ailleurs, elle reprenait sa vie et son corps de femme, je rétrécissais et redevenais l'enfant qui, pendant une heure, avait été docteur, comme si nous avions rêvé, comme si la réalité de ce que nous avions vécu n'était pas certaine.

Elle était amoureuse de moi, je me disais, et j'attendais que mon père, un autre jour, me laisse quelques heures à Fontenay-aux-Roses pour qu'elle me garde encore et que le jeu recommence. Elle chaussait ses chaussures de femme et mon père revenait me chercher. Je restais silencieux, je rêvais d'Hélène sans rien montrer.

Papa avait beaucoup d'amis. Des collègues, des communistes, des cégétistes. Et, aux PTT, ils étaient un homme pour sept femmes au centre de tri du XIVe à Paris. Hélène était une de ces amies. Il y en avait sûrement d'autres, et Lulu parlait de temps en temps, sur le ton de la plaisanterie, des collègues féminines, des loutes, des femmes en général. Il en parlait avec la gourmandise rieuse des hommes de sa génération. Au fil des ans, Titi et moi avons été parfois mêlés à tes histoires, témoins involontaires ou inconscients.

Les femmes, tu les aimais beaucoup, alors tu en as eu beaucoup, et tu as dû t'organiser. Mais cela restait une sorte d'improvisation, un petit bonheur la chance qui a sûrement failli t'échapper. Je me souviens de situations scabreuses. Tu as quand même réussi à bien jouer le coup entre tes diverses et convergentes activités, plus tes déplacements – d'abord Beauvais, puis la Bulgarie et la Martinique –, cela te laissait des intervalles à géométrie variable et tu pouvais jongler avec adresse. Ton idéal communiste cégétiste et pététiste, l'idéal pour les gonzesses.

Quelques-unes de tes histoires étaient mieux connues de Titi et moi, plus sérieuses, pas les p'tits coups passagers, celles qui durent. Il y avait d'abord Hélène, dont je finis par comprendre après quelques consultations que la liaison plus qu'amicale qu'elle entretenait avec mon père allait au-delà du travail et des idées politiques révolutionnaires. La révolution était aussi celle du sexe, au fond ils formaient un petit couple et mon père, chez Hélène, était chez lui. Une double vie. Lulu tranquillou, entre Ferrat et la lutte des classes, crac un p'tit coup à Fontenay-aux-Roses… Romantique. Et puis il y avait les autres…

Impossible de les compter. Dieu seul le sait. Tu parlais d'elles à demi-mot. Tu étais un homme à femmes, tes copains ne se gênaient pas non plus et ne se mouchaient pas du pied. À la Fête de *L'Huma* par exemple, le stand CGT PTT Paris 14 devenait le soir un hôtel de passe, à même le sol. Couché comme un campeur, j'entendais tes copains s'en donner à cœur joie avec des festivalières, dans l'obscurité relative d'une nuit lunaire, où les duvets de fortune ondulaient d'un mouvement perpétuel et de froissements de plaisir. Toi, tu donnais dans le plus sérieux, le haut de gamme.

Hélène, mais aussi Jeanine, que tu allongeais dans ta voiture sur les chansons de Charles Dumont… Allais-tu pouvoir la contenir gentiment ?

Hélène, Ferrat ; Jeanine, Charles Dumont.

Jeanine était blonde, peut-être fausse, en chair, bourgeoise, et en jupe quasi tout le temps. Et ça a duré, car tu ne pouvais pas t'en dépêtrer. Tu avais une chambre, rue Lecourbe je crois, pratique, près des Chèques postaux, et là ça défilait grave, car en dehors des sérieuses, il y avait les filles d'une fois.

La fête du slip en long, en large et en travers. Quelle santé ! Quelle capacité à jouer, à faire semblant, à cacher. J'en reste encore baba.

À Wissous, les victimes de ton charme, les voisines, copines, femmes d'amis, n'en menaient sûrement pas large et jouaient le jeu de la discrétion, mais ça y allait du radada. Pour le mieux dans le meilleur des mondes.

Dans notre univers, tout devenait surréaliste. Tu suivais les mouvements de la planète politique, de l'Algérie d'où tu étais revenu héros miraculé à ton engagement profond en 68, dont tu racontais l'épisode du lion de Belfort, place Denfert-Rochereau. Quand Daniel Cohn-Bendit grimpa sur le lion, tu étais là, non loin de lui. Tu évoquais les photos de Leny Escudero, la proximité communiste, ta poignée de main avec Pierre Juquin, Ferrat dans les manifs, dans les meetings. Tu me parlais d'Aragon et des poètes qui s'étaient fait tuer ou emprisonner, Victor Jara à qui l'on avait coupé les doigts pour qu'il joue mieux de la guitare ; Pablo Neruda qui, jamais à genoux, célébrait Salvador Allende suicidé dans son palais de président par les Américains ; Federico García Lorca, exécuté pour sa poésie subversive et son homosexualité dans l'Espagne de Franco qui copinait tranquille avec Adolf et Benito. Tu énumérais ces milliers de morts juifs, communistes, indépendantistes, homosexuels, arabes, poètes, peintres, intellectuels, musiciens, professeurs, ou curés, paysans, ouvriers, tailleurs, petits soldats, héros et déserteurs, les dormeurs du val, tant d'hommes, tant de femmes vivant en nous après leur mort, tant de visages.

L'alcool, ou plutôt les alcools, ont toujours fait partie de la fête. Nos chansons populaires en témoignent et donnent à ces boissons enivrantes un charme léger, joyeux et bien de chez nous. Toujours une bonne occasion pour lever le coude, une naissance, un anniversaire, un décès, une contrariété ou tout simplement l'apéro, le trou normand ou le très populaire dernier pour la route. Du sang de Dieu au petit vin blanc, en passant par le whisky bon pour les artères, on n'en finit pas de trouver des raisons de s'en jeter un derrière la cravate ou de s'en prendre une bonne. C'est vrai que, floutée, la vie a une autre gueule.

Mon grand-père, qui ne reculait pas devant le Préfontaines, nous montrait le chemin avec un enthousiasme à toute épreuve.

En tout cas, l'alcool se diffusait chaque jour, tranquille, dans les organismes de la famille.

Papa était bon, il tenait bien, faisait toujours

bonne figure. Au début, je ne me rendais pas bien compte de tout ça, l'idée avait quelque chose de festif, de joyeux, je n'en voyais pas encore les effets secondaires sur le comportement ni les ravages sur la santé.

Les repas étaient organisés, précédés d'apéros qui duraient, abreuvés des conversations et des plaisanteries d'usage, comment vas-tu yau de poêle en tout genre. Ça s'arrose ! Le vin blanc ou rosé des repas du midi démarrait bien les journées du week-end et annonçait volontiers les dîners, précédés des fameux apéritifs qui changeaient de couleur selon la saison. Le Ricard ou le pastis sentait bon les vacances, et les ratafias le Sud-Ouest. Selon la soif, on passait du cahors au bordeaux, du rhum arrangé à la sangria, suivis des cognac, poire, ou marc à la fin du repas pour bien se ratatiner. Les femmes de la famille, dont ma mère, ma tante et les grands-mères, buvaient, comme on dit aujourd'hui, avec modération, les messieurs se murgeaient tranquillement. Une sorte de repos des guerriers se préparant à la prochaine.

Le foot était aussi un rendez-vous à ne pas manquer. La buvette, quartier général des supporters et de certains joueurs qui, bien qu'encore jeunes, connaissaient déjà les joies buvables, héritage naturel des aînés.

Au Parti également, ça tisait à jet continu, le café étant le rendez-vous idéologique où chaque dégustation engendrait un fleuve de propos aussi vacillants que leurs orateurs. Et on prend la bagnole sans ceinture, allez hop.

Mon père me dit un jour : « Je suis inquiet, pépé Riton est sûrement alcoolique. » Ce mot eut sur moi un effet bizarre. Pour la première fois, j'associais alcool et ravage, maladie, naufrage, méchantes paroles, violence, dépendance et mort. Je fus alors effleuré par une tristesse qui ne me quitta plus. Pourtant, je donnais le change. C'était sympa, le foot et les rires des copains vêtus de bleu, celui de notre équipe. Mais les débordements racistes ou les actes de violence verbale et parfois physique survenaient de temps à autre. L'alcool y avait sa part de responsabilité, l'alcool qui faisait pourtant de nous, peuple de travailleurs, des gens meilleurs peut-être, quand il nous unifiait dans un rêve qui ne durait que le temps de l'effet du pastis et du rouge.

Lulu était en forme, il flirtait. Rousses, blondes, brunes, noires, minces, rondes, même les pas très jolies, il les trouvait désirables. Et puis petit à petit, il nous a confié qu'il était malheureux, que Michou et sa dépression permanente étaient plus ou moins responsables de son attirance pour les femmes. À ses yeux, Michou n'avait pas d'ambition, ne voyait que sa maison, son ménage, son petit quotidien, elle n'avait plus de rêves, de perspectives, elle avait abandonné, et l'ennui signait sa défaite et celle de leur vie ; désormais ils devraient faire semblant.

Quelquefois maman écoutait seule Barbara. Elle faisait une pause avec une cigarette et un scotch. Je l'observais sans la déranger, je la laissais croire qu'elle était seule. Je la voyais de dos ou de profil, je laissais ces instants défiler comme au ralenti. Le papier peint, le crépi et le rimmel glissant sur tes joues comme l'encre d'une écolière dans le caniveau de la pluie.

Dis, quand reviendras-tu ?

Nous étions, mon frère et moi, dans la confidence de notre père sans avoir rien demandé. Tenez, les gars, la patate chaude des histoires de fesses de papa. C'est sympa, cool, moderne, un truc de mecs. Mais moi, je n'étais pas un mec pour ma mère qui, à force de me considérer comme une fille, m'avait donné une sensibilité proche de la sienne. Lulu nous poussait dans les bras de ses secrets comme pour se justifier, affronter nos regards qui posaient tant de questions gênantes.

Quand tu rentrais de déplacement, tu rapportais quelque chose du pays ou du lieu dont tu revenais.

De l'Est, des idées conformes aux principes de Karl, le partage des tâches et la solidarité – qui, en philosophie, étaient ton combat –, trouvaient leurs limites à la maison, car Michou se tapait le boulot : toi, tu n'avais pas le temps, il fallait bien comprendre qu'on se préparait à la lutte des classes.

Des Antilles, tu nous rapportais le soleil, le ti-punch et la musique à ondulation festive. On chantait, Michou, du bout des lèvres, fredonnait et riait. Elle était prisonnière de ton influence sur nous et elle t'admirait malgré tout, mais quand tu repartais, elle retombait dans la mélancolie. Elle se tapait un whisky de plus en plus souvent, dans un soupir de soulagement et d'abandon.

Son patron, Christian, venait souvent la voir à la maison pour lui remonter le moral. Il faisait partie de la famille. Il était gentil avec moi, avec Francis, et m'appelait Trouduc. Tout le monde adulte, sauf Michou, m'appelait Trouduc.

Heureusement, les amis de Francis et les miens t'ont aidée à tenir le coup, ils t'aimaient tous et tu les adorais. Thierry et Joël Sontre, Alain Lenain, Fifi, Billy, Coyote, Gounnot, Egidio, Bibi et Nuno… Comme la plupart d'entre eux vivaient à la maison, leur présence remplissait ta solitude infinie.

Notre vie s'organisait autour du mythe de Lulu, qui réapparaissait de façon régulière – pour les Noëls, les anniversaires, les sorties au restaurant chinois ou les balades à Milly-la-Forêt.

Durant les grandes grèves, Lulu revenait avec un air de liberté, fatigué et beau.

Nous étions en ordre de marche pour gagner un jour. Le programme commun servirait de levier, même si l'union de la gauche aurait toujours à se méfier du camarade socialiste qui, disait mon père, est trop bourgeois pour être honnête. Les roses étaient en train d'utiliser les forces de la classe ouvrière, la CGT et le PC, pour prendre le fauteuil, et nous savions qu'ils nous trahiraient un jour. Lulu en était sûr, ils seraient les Brutus de la gauche, mais il n'y avait pas d'autre solution. Thorez, Waldeck Rochet, Duclos, Marchais… Combien de victoires arrachées avec les dents pour obtenir des avancées sociales ! Tout cela nous faisait rêver, Michou, Francis et moi, et les douleurs ou les privations, finalement, n'étaient rien comparées à l'espoir.

Les années soixante-dix passent, tranquilles, et nous sommes toujours tous les quatre. J'aurais voulu qu'on garde notre 4L, notre niveau de vie d'humbles parmi les autres. Mais la gauche aussi est sensible aux intoxications de cette société qui, sous l'influence de la publicité, finit par nous donner des désirs d'apparence.

Pourtant, le mouvement hippie, enfant de 68, de la guerre du Vietnam et des Black Panthers ou des leaders cubains, chiliens, portugais, italiens, espagnols, grecs, et des penseurs, acteurs, philosophes de l'époque, nous maintenait dans ce rêve de victoire. Même Picasso, le plus grand peintre du monde, était de notre côté. Pour les ados de ma génération, l'image des icônes progressistes était comme celle des pop stars. Guevara, Bob Dylan, Angela Davis, Lennon, même combat : ils finissent sur des tee-shirts. Alors peut-être était-ce le début de la fin des pensées simples pour des gens simples.

Mon père nous parlait de tout. Même si on ne comprenait pas toujours, on retenait des noms, Sacco, Vanzetti, les Rosenberg, Dreyfus, whoua ! Et maman d'ajouter les congés payés, le droit de vote pour les femmes, demain le droit à l'avortement, mémé Malou parlait des mineurs, elle qui venait de Valenciennes, et faisait toujours le café dans la chaussette. Riton ne disait rien, sauf Jean Valjean. Mémé Louise racontait son mari Georges et la Résistance. Juste ce qu'il fallait pour nous tenir en haleine et nous donner le goût d'y croire.

Les belles voitures, moi, je les aimais en miniature. Je ne sais pas quelle mouche a piqué Lulu, mais il a décidé un jour de se payer la Ford Capri tabac métallisé intérieur cuir. Quand il s'est garé rue des Acacias, j'étais bluffé. Comme si nous étions riches. Au fond, je n'assumais pas du tout ce signe extérieur de richesse. Ça ressemblait à un mensonge. La 4L, ça m'allait très bien, c'était une voiture libre, aventurière, passe-partout. Là, à cause de la Ford Capri, nous affichions quelque chose qui me gênait terriblement. La Capri allait nous priver de viande pendant un certain temps. Patates, nouilles, riz, riz, patates, nouilles, et frites le dimanche, cela serait nos menus hebdomadaires, pour une période indéterminée. Déjà en banlieue, la Capri, c'était pas évident, mais, à Douelle, on allait passer pour des Américains. Pour des communistes, c'était le monde à l'envers.

Au fond, les rêves avaient changé, le monde aussi, la boîte à idées passait l'arme à gauche et obliquait vers la droite. On s'embourgeoisait, on prenait du ventre, on affichait clairement un goût nouveau pour les apparences, comme une aigreur naissante, une démission, une défaite face à cet ennemi sans partage et sans quartier : l'argent. On allait penser de nous qu'on avait de quoi, alors qu'on n'en avait pas la queue d'un. Au fond, elle était belle, cette voiture, mais elle ajoutait à mes complexes celui d'être au-dessus de nos moyens. Seulement Lulu aimait cette caisse, et moi j'aimais Lulu. Michou disait « ma Ford Capri », et en fin de compte, Francis et moi on était très heureux pour eux.

Les choses changeaient, et pas de façon anodine. Le communisme était en danger, la liberté aussi.

Un soir, Lulu est rentré sans voiture. Il était blanc, très beau, et nous dit : « J'ai eu un accident avec une Mercedes qui m'a coupé la route à fond la caisse. » Et il conclut : « La Capri, c'est fini. »

Mais elle lui avait sauvé la vie. Une autre aurait été pulvérisée. « Avec une voiture française, j'étais mort, dit-il. C'est le mec de Brigitte Bardot qui conduisait la Mercedes, il était un peu éméché et a donc reconnu ses torts sans histoire. » Et toi, Lulu, étais-tu sobre ? Étais-tu avec une femme ? Que cachais-tu ? Je sentais comme un truc. Michou était sous le choc. L'homme de sa vie avait failli finir comme James Dean.

Francis et moi étions soulagés d'être débarrassés de cette voiture trop voyante, comme un costume trop cher et m'as-tu-vu dans notre monde d'aventuriers. Nous qui étions singuliers, libres avec notre 4L, le solex et les choses de l'art et de la nature, on retrouvait notre vie.

Je pensais à celui que l'on appelle Dieu, dont la grandeur était d'avoir la force de ne rien posséder. Mon frère m'avait donné le goût de l'autre et de se contenter de peu, de ne jamais vivre pour l'argent. Il croyait peut-être aussi, sans se l'avouer. Titi avait le comportement d'un croyant sans le dogme, sans juger, sans complaisance, une façon d'avoir la foi pour ici et maintenant, pour demain et peut-être après.

Lulu était le seul qui ne croyait pas. C'est déjà croire à quelque chose. Il disait : « Moi, je crois en l'homme et dans la science, le reste est une invention de l'homme par l'homme, comme le capitalisme et son exploitation. »

Mais nous n'étions pas au bout de nos surprises en termes d'automobiles.

Retour aux voitures françaises. La GS, drôle de Citroën jaune pâle, et puis la Méhari orange, deux voitures, ça voulait dire crédits et inquiétudes pour Michou. Où trouvions-nous l'argent ? Bon, la question ne se posait pas. Ces deux bagnoles étaient très originales. La GS était étrange mais moderne et faisait beaucoup parler d'elle. La Méhari, là, c'était dingue, une aventure en soi. Une sorte de jeep en plastique, une révolution. Et, pour nous, l'occasion de rêver, de s'évader.

On s'éclatait avec cette caisse orange. Surtout à Douelle pour les vacances. On était de nouveau heureux, unis. Ces voitures étaient des jouets, des illusions auxquelles on se raccroche. Mais l'espérance est souvent source de déceptions.

Mémé Malou est malade. Elle fatigue, maigrit de jour en jour et pépé Riton s'inquiète. Lui qui d'habitude est ronchon, là il a l'air d'un petit garçon et Lulu est super mal. Il tient un peu Riton pour responsable, à cause de son alcoolisme, mais il ne parvient pas à lui en vouloir.

Notre amour inconditionnel pour Malou réunissait toute la famille. Même si Lulu continuait à voir Hélène, Jeanine et quelques loutes de passage, on sentait les liens entre nous, et cette famille existait plus encore qu'au temps de l'idéal, quand tout le monde était en pleine forme, quand la mort n'existait pas, enfin pas tout de suite, pas bientôt. La maladie de Malou me bouleversait totalement.

Je me demandais souvent si Lulu ne flottait pas dans une sorte de rêve, « on verra bien demain, la chance va sourire ». Il commençait sérieusement à vivre au-dessus du niveau, et du nôtre. Ses maîtresses lui coûtaient cher, il courait après le fric. Il fumait pas mal, picolait pas mal non plus. L'effet joyeux de l'alcool laissait de plus en plus souvent place à l'inquiétude. Je la lisais sur son visage, dans son souffle, ses soupirs, ses accès de nervosité. Le boulot, la politique, les copains, les voyages, les filles et nous, ça commençait à peser lourd dans la musette.

Alors, la maladie de mémé Malou, c'était trop, une sorte de panique dans l'existence de Lulu, dans la nôtre et celle de toute la famille. Malgré la tristesse qui déferlait au ralenti sur nous et nous recouvrait d'un manteau sombre, je voyais déjà la lumière blanche auréoler la bonté de Malou.

Mémé était à l'hôpital et les jours passaient dangereusement. Quand je suis entré dans la chambre pour la voir, je l'ai trouvée si petite et si maigre, si loin dans ce lit si haut, si grand pour elle et pour moi. Je me tenais là et j'avançais lentement. Le moment était vide, dur, silencieux. Ce dont je me souviens, c'est que je t'ai imaginée vivante et retenant ton souffle pour me dire encore quelque chose. Je t'ai vue comme un oiseau tombé déjà depuis quelques jours. Ta petite langue était toute sèche. J'ai imaginé que tu prononçais mon prénom comme un soupir de soulagement, le dernier souffle. J'ai imaginé que tu m'avais attendu avant de partir et j'aime encore le penser. Je n'en suis jamais revenu. J'étais changé, le chagrin avait pris place en moi un peu partout.

La douleur marquait son territoire. Lulu accusait le coup, soutenu par sa sœur Denise, qui semblait la seule à vraiment comprendre son chagrin. Leur complicité était insubmersible, et j'avais cette impression étrange qu'elle était, bien que plus jeune, son aînée. Elle ne le jugeait pas, elle savait, elle le connaissait mieux que nous tous. Elle essuyait ses larmes comme s'il était son petit frère désemparé. Je les voyais tels qu'ils avaient été, en culottes courtes ; elle et lui s'admiraient, comme liés par un pacte depuis leur jeune âge. Ils se comprenaient sans avoir à dire un mot, ils partageaient tout et elle le protégeait de tout. Le vide laissé par mémé Malou était considérable, comme la bouche d'un volcan. Le monde était suspendu et le temps se taisait, la clameur retentissait en sourdine, même la nature était pâle. Impossible de revenir en arrière, la vie devait continuer.

Je n'avais jamais vu Lulu pleurer. Il était d'une tristesse folle, le barrage avait sauté, ses peines enfouies coulaient de ses yeux, des rivières de montagne qui se réveillent. Il disait que son père avait été méchant avec Malou mais que c'était dû à l'alcool, que la mort de mémé le condamnait à vivre. Je le comprenais, je devinais que l'on pouvait détester les gens que l'on aime.

Les femmes pleuraient bien sûr, c'était monnaie courante. Je ne m'y habituais pas, surtout pas aux sanglots de ma mère, mais mon père en larmes, c'était une première. Ces moments ont des vertus, celle du lien, celle de cette famille qui, tant bien que mal, restait toujours debout.

Lulu irait tout de même se consoler en cachette chez une voisine ou partirait pour un imprévu au boulot, une réunion soudaine ; Michou était en convalescence de sa dépression et ressentait des douleurs dans le ventre – ce qui expliquait peut-être les désirs d'ailleurs de Lulu. Des problèmes d'adultes, des secrets, des non-dits. La maison continuait de tourner avec nos copains, dont certains à présent vivaient chez nous, l'un touché par la mort de son père, l'autre parce qu'il en avait envie, et le reste de la bande de temps en temps, surtout le week-end. Mon frère avait des potes très sympas et une fiancée qui répondait au nom de Romy, très très belle. J'en étais secrètement amoureux, je crois que cela se voyait et les amusait.

Je regardais mon père. Il était toujours drôle et beau, mais son inquiétude devenait palpable. Je ne savais pas si c'était le monde, la politique qui lui donnaient cet air préoccupé, les filles qu'il troussait et lui causaient des ennuis, l'argent qui filait, la mort de mémé Malou… Et nous trois, nous étions là, posant des questions chacun à notre façon, une lourde charge pour Lulu. Dans son survêt du dimanche, il allait faire quelques courses au centre-ville et boire un coup au café Valentin. Il inventait toujours un truc à faire en famille. Une balade en voiture vers Milly-la-Forêt, une virée au cinéma pour découvrir Sergio Leone… Il avait le sens des soirées et des journées pas comme les autres, on avait l'impression que le bonheur était possible. Ils ressemblaient encore aux photos de leurs fiançailles ou de leur mariage. Ils étaient tellement jeunes sur ces photos, des adolescents. Je caressais le rêve que tout puisse s'arranger, j'y croyais, je me disais que même si Lulu avait déconné, même si Michou en avait tant souffert, rien n'était perdu.

Un jour, Lulu est rentré à la maison avec un fusil qu'il a caché dans sa chambre au-dessus de l'armoire. Michou, étonnée mais silencieuse, était assise dans la cuisine et caressait Mistouflette, Francis et moi étions impatients de savoir ce que faisait cette arme à la maison. Pendant le repas du soir, il nous donna une explication inattendue. « Si j'ai un fusil à la maison, c'est parce que je travaille pour le Parti. Une sorte d'agent qui agit dans le plus grand secret. Alors, si jamais quelque chose devait m'arriver… Mais ne vous inquiétez pas ! Si un jour il y avait du danger, quelqu'un viendrait vous chercher pour vous mettre en lieu sûr… » Moi, j'imaginais une fuite, un soir, emportés en silence par des camarades. Ils nous feraient passer à l'Est sans doute, je ne trouvais pas l'idée très séduisante, mais si cela devait advenir, nous serions bien obligés de suivre la ligne.

Il nous avait fait promettre de n'en parler à personne, alors on n'en parlait pas du tout, même entre nous. Je n'ai pas le souvenir que nous ayons évoqué une seule fois ce sujet dès lors que Lulu nous avait mis dans la confidence. Un secret presque d'État. Nous étions liés par cette révélation, il n'en allait pas de la vie du Parti mais de la nôtre peut-être, et de celle de Lulu sans doute. Nous allions assumer, faire front en silence. De toute façon, dire à mon meilleur copain « tu sais, mon père est agent secret pour les cocos », m'aurait fait passer pour un illuminé. Il nous fallait vivre avec ça.

Mon frère, ma mère et moi avions pris ce secret au sérieux. J'avais un peu la trouille et je regardais Lulu comme un homme différent, un demi-dieu. Je comprenais ses anxiétés, je ne voyais plus le monde tout à fait de la même façon, je me disais que même si Lulu n'était pas 007, il avait un rôle à jouer dans l'histoire de mon pays. Un artisan de la révolution, un résistant qui, dans l'ombre, participait à la construction d'une nouvelle société. J'écoutais « L'Internationale » et « Le chant des partisans », mais surtout « Le déserteur ». Les nuances politiques de ces chansons n'étaient pas très importantes à mes yeux, je regardais mon père comme un héros, il était comme un poisson dans l'eau, je n'en revenais pas.

De temps en temps, il me prenait dans sa voiture pour m'emmener à l'école ou pour faire un tour. Je le regardais conduire, il me racontait des trucs fascinants. Un jour, il m'emmena pour me montrer quelque chose de précis. On roula quelques kilomètres pour atteindre Paris et là il me dit « Regarde ». Sur une affiche en noir et blanc, il apparaissait avec une fille, la tête inclinée vers lui, et tous deux lisaient un journal que Lulu tenait ouvert devant eux, le titre en évidence : *L'Humanité*. L'affiche était sublime comme celle d'un film, ils étaient beaux, modernes, l'air libre, jeune – elle un peu plus que lui –, ils avaient une allure folle, j'en avais le souffle coupé. Cette affiche placardée sur les murs, on en voyait à chaque coin de rue, dans tout Paris, comme des vedettes. J'ai demandé si cela ne représentait pas un danger pour lui, rapport au secret. Il me répondit qu'au contraire, c'était fait pour que son visage entre dans les esprits, pour qu'il devienne monsieur tout-le-monde et qu'on lui fasse confiance comme à un ami qu'on connaît déjà sans même le savoir. Une méthode étonnante, mais si c'était comme ça, c'est qu'ils avaient fait des études sur les comportements des gens. Ça se tenait : se montrer pour ne pas être vu, se mettre en évidence pour se confondre. J'étais sans voix, fier et sidéré.

Je n'avais pas les yeux assez grands pour te regarder, papa. Et puis tu me parlais des filles, ça me gênait et ça m'épatait. Tu parlais de fesses joyeusement, tu défendais ton point de vue, citant chansons ou poèmes. Gauguin était invité dans la conversation, « les filles, je les aime bien grasses et bien vicieuses ». Tu utilisais n'importe quel prétexte pour justifier ton appétit charnel envers tout ce qui bouge sur terre et qui porte une jupe. Sauf les Écossais, avec tout le respect qui leur est dû.

Un matin, tu m'as accompagné quelque part. Il était tôt, la banlieue était vide, grise, laiteuse. Frissons du matin, froid à l'extérieur et nous à l'intérieur, mais le chauffage nous rassurait peu à peu. Je me sentais important, j'étais avec toi, et puis tu m'as dit : « Je vais m'arrêter dans un troquet pour m'acheter des tiges de huit. » Tu t'arrêtes au bord de la 20, tu me dis « j'reviens, l'môme » et tu entres dans le café déjà un peu enfumé par quelques matinaux accrochés au bar, silencieux, dont certains tremblent si fort qu'ils enroulent celle de leurs mains qui tient le verre à leur écharpe, et, de l'autre, font coulisser l'étoffe autour du cou afin que le godet remonte jusqu'à la bouche en tremblant le moins possible et atteigne la cavité buccale avec une meilleure précision. Un spectacle étonnant et pathétique. Mon père, au milieu de ces spécimens, s'installa au bar et s'en jeta deux derrière la cravate, cul sec, régla puis, visant la porte, frais comme un gardon, sortit du rade, remonta dans la bagnole, démarra. J'étais scié, mal à l'aise et tristement seul. Après un moment de silence, remontant peu à peu à la surface, j'ai osé demander : « Tu as trouvé tes cigarettes ? – Non, me dit-il, ils en avaient plus. » Mais lui en avait encore une ou deux dans son paquet de Gauloises sans filtre.

Mon père se tapait à 7 heures du matin deux godets cul sec pour le petit déjeuner, et j'avais l'impression que ça n'était pas une première. Alors la mèche était vendue et allumée en même temps, le menu du jour était fixé, pour le déjeuner ce serait pinard, il y aurait ensuite apéros au pluriel avec les potes des PTT, les pots pour les anniv, plusieurs par semaine, les repas du soir arrosés, les pots de départ ou d'arrivée, et les week-ends on lâche les chiens. Mais tu tenais l'alcool, et, hormis le soir tard, ça ne se voyait pas.

Je le savais, mon père buvait comme son père, il souffrait d'un mal lointain et j'étais peut-être le dernier à m'en rendre compte. Impossible de lui en vouloir. J'étais étrangement du côté de ma mère sans même le choisir, mais j'aimais mon père encore un peu plus, tant il était criant que tout ça le dépassait. Je regardais ma mère et je voulais la protéger, l'emmener loin, la sortir de là, lui acheter des robes, des fleurs, un manteau ou un nouveau sac à main, une paire de chaussures, lui redonner le sourire, la joie de vivre, l'inviter au restaurant ou au cinéma, mais j'étais un môme, je ne pouvais rien faire.

Il fallait donc que je reste près d'elle sans trahir mon père, en priant que ça change, que les choses passent. Je me disais aussi que leur histoire avait commencé bien avant que j'existe. Je voyais ma mère mourir à petit feu d'un chagrin d'amour. Je la fermais, mais mes yeux avaient du mal à trouver le sommeil et mes rêves étaient moins naïfs. Je grandissais et je devais faire semblant avec ceux que j'aimais le plus au monde, mon père que je devais protéger de mon regard pour qu'il ne se sente pas trop coupable, pour ne pas lui renvoyer le reflet de ma déception ou de ma détresse, et ma mère que je devais convaincre de ne pas s'enfermer dans sa solitude, dans ce châle de tristesse qui parfois la recouvrait comme le linceul des amours perdues.

Alors j'ai commencé à écrire des poésies et je passais pas mal de temps dehors avec mes copains. Ou je prenais mon ballon de foot et je jouais seul dans la rue, contre le mur, des heures. Je continuais le soir à me berliner dans mon lit en chantant à voix basse et j'écoutais les avions décoller.

Mon frère était amoureux de Romy. J'aurais aimé qu'ils s'aiment pour toujours tant ils étaient beaux tous les deux. Francis était un athlète et il avait les cheveux longs. Il commençait à bien dessiner. Il allait au lycée d'Antony, il aimait la photographie et s'intéressait à Gustave Courbet. J'aimais sa compagnie, il m'apprenait tout. Il écoutait du rock et de la musique classique, Wagner et les Creedence. Moi, j'écoutais beaucoup ce qu'il écoutait.

En 1972, j'ai rencontré Billy. Il avait un vélo, moi pas. Il arrivait de Montparnasse. Ils avaient construit un hôtel à la place des immeubles dans le quartier de la gare. Il venait de Bretagne et débarquait à Wissous. Bientôt je devins son ami, il devint le mien, il semblait n'avoir aucun complexe et se débrouillait bien, surtout avec les filles – et les très jolies. Il sortait avec plusieurs d'entre elles, des filles de bonne famille. Il avait un truc que je n'avais pas, un naturel, une forme de grâce et de gourmandise, et ça marchait. Mes copains aimaient Billy, il est entré dans la bande et nous a présenté Gounnot qui déconnait tout le temps. J'avais des amis et un frère, c'était déjà beaucoup, et malgré mes secrets, j'étais souvent heureux.

Jeanine revenait souvent dans les confidences de Lulu, qui se risquait parfois à nous donner des détails. Un jour, il me l'a présentée. Rien à voir avec Hélène, une amie de ma mère avant d'être la maîtresse de mon père, qui n'avait pas changé l'équilibre de la famille. Hélène avait une forme de discrétion délicate, et puis je l'aimais beaucoup, au-delà de nos séances de médecine. Les filles, les autres, n'étaient que de passage, des ombres en nombre dans un flou nocturne, sans importance paraît-il, sans influence sur une séparation que je redoutais.

Jeanine, c'était autre chose. Je me souviens des présentations que tu as organisées. Ou peut-être était-ce arrivé par erreur : tu devais t'occuper de moi ce jour-là, et tu n'avais pas pu te débarrasser d'elle. Mauvais timing. Tu as dit : « Marco, Jeanine. » Elle ondulait sur place, elle avait une attitude très sexuelle, je la sentais tactile et plus qu'accrochée à ton bras. Elle se tenait là, devant moi, avec un large sourire, elle avait le style d'une Parisienne blonde ou fausse blonde, vêtue d'une robe flottant dans le vent qui, à chaque mouvement, épousait des parties différentes de son corps. Elle roulait du derrière et portait des bijoux, je la trouvais un peu vulgaire. Mon père m'observait du coin de l'œil. On s'est dit bonjour, j'ai eu une drôle de sensation, comme quand ça sent le début des emmerdes, j'imaginais tout à fait leurs rendez-vous exaltés et ça me dégoûtait tout en me faisant rire. Si ça se trouve, c'était une couverture d'agent secret, qui sait ?

Enfin, toujours est-il qu'à travers les récits scabreux de mon père et mon imagination je les voyais dans la CX Pallas écouter du Charles Dumont, Lulu allongeant le siège passager et glissant sa main sous la robe de Jeanine pour la plonger dans son sexe mouillé d'impatience et de désir ; je les voyais dîner les yeux dans les yeux, riant des cochonneries qu'ils allaient se dire et plus tard se faire, tout en mangeant une entrecôte et se faisant du pied sous la table, choisissant le vin rouge qui les ferait monter en intensité jusqu'à l'hôtel discret dans lequel ils iraient se vautrer ; je la voyais basculer sur le lit, sa blondeur étalée sur les draps encore vierges, remontant sa robe pour montrer ses jambes pâles et charnues qui devenaient roses, et je te voyais toi la chevaucher des nuits entières. Tu n'y allais pas avec le dos de la cuillère, mon cochon. Et plus loin que Paris, tu devais l'emmener en province pour tes fameuses réunions. « Elle adore le radada, tu me disais, elle me fait plein de trucs sympas, et puis elle m'aime, elle me fait du bien, elle me trouve beau, on fait pas de mal. »

Je la trouvais beaucoup moins belle que maman, je l'avais dans l'nez, la Jeanine, en travers de la gorge, comme un coupe-papier planté dans le cœur. Je priais pour qu'il n'atteigne pas celui de ma mère qui, connaissant son caractère basque, aurait rué dans les brancards ou coupé la quéquette de Lulu avec un couteau électrique, comme dans le film *La Dernière Femme*. Sans aller jusque-là, elle en aurait fait une mauvaise maladie. J'étais sonné, K-O debout, mon innocence vacillait, et ma conscience nouvelle ne me procurait qu'une mélancolie silencieuse. J'étais coincé dans les mensonges de mon père : quand je voyais Michou à la maison, je savais ; quand elle me faisait des câlins, je savais ; quand elle me parlait, je savais ; quand elle me réveillait le matin, je savais, je savais et je ne disais rien. Elle demandait « Ça va, mon ange ? », je répondais « oui » rapidement pour couper court et par crainte de la question suivante. Oui, j'avais peur, et j'étais pas content de savoir.

Lulu rentrait comme si de rien n'était, je le regardais et je me disais « il est gonflé ». Il me faisait des clins d'œil complices et lançait : « Ça va l'môme ? Les gonzesses ? » Je soufflais : « Papa, arrête » et il me répondait : « Je t'aime Trouduc, ta mère elle est pas marrante, je m'ennuie, c'est pas ma faute, elle aime pas sortir, elle aime que sa maison, faut me comprendre aussi. » Et puis il me lâchait « c'est pas simple », il ajoutait en s'marrant « mais j'aime trop l'radada, clac, juste un p'tit coup », et je riais pour lui faire plaisir, parce qu'il était drôle et aussi pour me débarrasser de ce moment inconfortable.

En fait, les p'tits coups, c'étaient les gonzesses et le whisky, ça marchait ensemble, et ta consommation augmentait de jour en jour. Mais ça tenait, tu ne savais toi-même pas pour combien de temps encore, mais ça tenait, et tu te tenais parfois contre le mur pour reprendre ton souffle et tes esprits. Pas de cheveux blonds sur ta veste, pas de parfum de femme ou de rouge à lèvres sur ton col, tu faisais ça bien, tu as dû en jeter, des culottes, par la fenêtre de la CX en rentrant à Wissous. Tu parlais de tes copains et tu disais « non mais eux, y baisent, moi, j'aime ça et j'aime que ce soit bien et beau ».

Tu vivais dans un film italien, comme si la vie n'était pas suffisante, pas assez colorée, pas assez tout court. Tu évoquais l'Algérie, ta frustration de ne pas avoir fait médecine à cause de… la guerre, l'argent, la vie et ton mariage peut-être trop tôt. En fait, tu noyais tous ces regrets dans le sexe des femmes, comme pour apaiser les douleurs de ta mémoire, pour soigner l'homme blessé de l'intérieur. Les filles, c'était du sirop, une médecine d'urgence pour apaiser les maux de l'âme et du cœur. Ça pesait dans mon cartable, et je partageais ça avec mon frère, qui essayait de temporiser, évoquant les blessures de Lulu. Ça me calmait de façon passagère, mais ça ne changeait rien.

J'avais un problème et j'allais le traîner avec moi sans pouvoir le confier vraiment, j'étais coincé, pris dans un piège, dans un courant trop fort pour le remonter. Je devais me laisser faire, comme Mao dans le Yang-tseu. Tout ça me détachait peu à peu des idées politiques, je vendais toujours *L'Humanité Dimanche*, je collais les affiches, je vendais le muguet, mais je n'y croyais plus, je ne savais plus y croire, qui croire. Alors je lisais Verlaine, Rimbaud, j'écoutais Barbara, et leur triste poésie me remontait le moral.

Je savais aussi qu'il y avait plus malheureux. Le père de mon voisin s'était suicidé, jeté à l'aube sous une rame d'un métro parisien en allant au boulot. Il avait décidé de mettre fin à ses jours parce que sa femme avait un amant. Et un de mes amis proches, Fifi, avait découvert son père, notre chef de gare, pendu devant ses fenêtres à l'arbre du jardin parce que sa femme le trompait avec son adjoint. Je me souviens que Fifi avait fredonné, le jour de l'enterrement, « il est cocu, le chef de gare », avec des yeux souriant de souffrance. C'était ça, la vraie tristesse, la vraie vie dure. Mais leur douleur n'effaçait pas la mienne. Tout le monde picolait, tout le monde couchait, trompait. Une comédie. J'étais perdu.

Pépé Riton va de plus en plus mal. Les voyages en voiture pour partir en vacances avec mon oncle et ma tante deviennent des épopées. La 204 blanche intérieur rouge arpente les cols sous une chaleur de brute sur la route de Fumel, et Riton lance en riant : « J'ai mal à mon Fumel. »

Il avait maigri depuis le départ de Malou, son cancer s'était développé, il lâchait peu à peu et lâchait surtout des perles à tout-va, des pets qui malgré la diversité des sons et des durées avaient pourtant un point commun : tous ses vents nuancés se ressemblaient par leur fumet et ça nous faisait marrer. Parfois, quand il riait, ça lui faisait mal partout, pauvre grand-père, la vie devenait un naufrage et le corps une terre de souffrance. Tu regrettais tant ta femme et tu me disais t'en vouloir d'avoir été méchant. Je te regardais gentiment et j'essayais de te contredire en parlant d'amour, mais ça n'y changeait rien, tu t'en voulais pour sa vie et surtout pour sa mort, et ta solitude était ta peine à purger.

Vers la fin, tu ne pouvais plus te lever. Tu restais dans ton fauteuil, calé, et tu me regardais avec des yeux d'ours en peluche. Tu passais de longues journées assis dans cette position intenable, tout ton corps était à l'abandon, ne vivant que par la douleur. « À quoi bon ? murmurais-tu, je vais rejoindre Malou », et tu fredonnais pour toi-même « Je cherche après Toutoune, Toutoune oh ma Toutoune ». C'était le surnom de mémé, tu remplaçais Titine par Toutoune et le tour était joué. Il était loin le temps où tu te tournais les pouces pour le faire passer, adieu le tabac, le vin rouge et Louison Bobet, adieu la guerre, les anciens combattants, les photos de mariage et les trois tantes que tu moquais avec tendresse, adieu les rigolades et Maurice le chevalier, adieu la route de Louviers et le cantonnier qui cassait des tas d'cailloux, adieu chapeau de paille et casquette de titi parisien, on t'a finalement conduit à l'hôpital.

Denise et Bernard, son second mari, étaient silencieux, tendres, et continuaient de s'occuper de toi, mais là les choses étaient devenues trop compliquées pour eux. « Adieu maison, adieu, je vais retrouver mon amour, souriais-tu, tremblant de dignité, à l'hôpital, dernière étape avant le caveau familial. Je ne vais plus vous embêter très longtemps, pardon pour le dérangement. »

Du lion que tu étais jadis, il ne restait plus qu'un agneau fragile et transparent. Et tu t'es éteint comme une petite flamme dans une vente à la chandelle.

J'ai vu pleurer mon père pour la deuxième fois. C'était troublant : Lulu, comme un gamin dans les bras de sa sœur, qui devenait la gardienne de son enfance.

On est tous venus voir Riton sur son lit de mort, puis nous l'avons couché auprès de Malou. Malou et Riton, Marie-Louise et Henry étaient de nouveau réunis pour toujours, comme avant. Je marchais en regardant le ciel et les arbres frissonnants, j'avais une peine à perpétuité.

On s'est tous retrouvés au 23 et au 21, rue des Acacias. Le 23, la maison des grands-parents, allait devenir celle de mon oncle et ma tante, c'était convenu comme ça, Lulu aurait la différence et nous aurions Denise et Bernard comme voisins. Cette idée était joyeuse, d'autant qu'ils venaient de prendre Mimi, un des chatons de Mistouflette.

La réunion de famille dans le petit jardin de mes grands-parents était chouette. Les amis, les camarades du Parti, quelques membres du clan de province. Comme il avait suivi de près Malou, Riton réunissait les deux branches de la famille venues se recueillir et échanger des souvenirs heureux. Denise tenait le coup et présentait un visage rassurant, Bernard, impeccable, les yeux mouillés, me faisait rire. Nous avions la même façon de traverser ces moments, avec pudeur et retenue. La journée dura le temps de passer, et le soir venu, tous les amis de mes parents et quelques amis de mon grand frère se sont retrouvés au premier étage du pavillon. Ça buvait pas mal pour noyer la tristesse et ça fumait des maïs, des blondes et des brunes, Gitanes, Gauloises, Pall Mall, Peter Stuyvesant, Marlboro, Kent et Rothmans bleues, ça descendait des rouges, des blancs, des rosés, du whisky, du Ricard, du Martini, du Dubonnet et de la Suze, et ça discutait.

Je regardais tout cela avec tendresse, personne ne me parlait du monde des adultes, mes copains étaient rentrés, j'étais seul. Maman s'occupait des invités qui n'étaient pas pressés de partir. Comme dans un film de Sautet dans la classe ouvrière, je descendis l'escalier pour chercher mon ballon de foot déformé et au cuir usé à force de cogner contre le mur de la maison d'à côté. Je le rangeais dans le débarras en bas, à gauche de l'escalier, là où nous accrochions nos manteaux et posions nos chaussures. J'ouvris le rideau à fleurs de tournesol pour attraper le ballon, calé sur les paires de chaussures, et, le saisissant, j'aperçus deux paires de pieds dont l'une se tenait sur les pointes. Relevant doucement la tête, je découvris le visage d'une femme que je connaissais bien, elle me regarda tendrement, désolée, mais néanmoins très occupée à embrasser cet homme, sa jupe relevée laissant apparaître de très jolies cuisses. Lui, le pantalon sur les chevilles, les fesses cachées par sa chemise ondulante, caressait les seins de cette femme que j'aimais bien moi aussi, c'était une camarade du Parti, de la cellule de Wissous. Je les voyais faire l'amour en cachette, je n'étais sûr de rien, quand mon père en larmes s'est retourné vers moi et m'a dit en reniflant : « Oh, Marco ! J'suis malheureux ! » Puis, d'un coup sec, il referma le rideau à tournesols. J'étais interdit, et c'est au ralenti que j'ouvris la porte d'entrée pour taper dans la balle contre le mur de la rue. Me retournant vers la maison, le ballon dans les mains, j'observais nos amis qui buvaient et fumaient à l'étage. Parmi eux, le mari de celle qui se faisait trousser debout dans le réduit d'en bas, au milieu des manteaux et des chaussures. C'était un ami, un camarade.

Il parlait, riait, buvait, et se resservait un Johnnie Walker.

J'imaginais Lulu la tête dans le guidon, debout à l'ancienne dans le mouchoir de son malheur, pleurant sur les joues de cette jolie petite femme en lui faisant l'amour à la sauvette, à domicile, à l'heure de pointe.

Ma vie basculait dans un monde inconnu qui me laissait pensif et perplexe. Je décidai de prendre les choses à la légère, c'est à la longue qu'elles ont pris du poids, jusqu'à devenir vraiment lourdes pour un garçon de mon âge. Je devais avoir douze-treize ans, je tapai dans la balle jusqu'à ce que le sommeil me gagne. Je suis alors monté dans ma chambre, j'ai fait signe à ma mère que j'allais me coucher, j'ai laissé ma fenêtre à l'espagnolette ainsi que les volets et je me suis berliné en écoutant les avions décoller dans la nuit, frissonnant, je m'endormais peu à peu.

Le lendemain, mes parents, mon frère et moi prenions le petit déjeuner. On avait tous des petites mines, c'était dimanche, on jouait au foot, c'était jour de match, nous irions tous les quatre au stade près des pistes d'Orly.

On préparait notre sac de sport avec Francis, papa était en survêt, aussi innocent qu'un enfant de chœur, maman en jean. Nous n'avons jamais évoqué, mon père et moi, l'épisode de la culbute verticale du dressing, pas une seule fois. Certaines choses restent suspendues, comme des morceaux de temps dans une cachette.

Ma tante Denise était une lumière. Elle éblouissait en douceur, sans aveugler. Depuis notre enfance, Francis et moi étions très attachés à sa clarté. Elle était blonde et son visage aussi singulier que celui d'Ingrid Bergman ; des yeux bleu clair, pétillants d'intelligence. Elle portait des jeans et semblait libre, engagée dans une cause qui nous dépassait tous. Elle voulait enseigner, elle se destinait à apprendre aux enfants à lire, à écrire, à compter, ce qui, je pense, a influencé notre destin à Francis et à moi. Lulu, lui, aimait la littérature héroïque, les écrivains qui racontaient l'histoire ou s'en faisaient les témoins. Non pas que Denise ne les appréciait pas, mais je pense qu'elle voulait en faire autre chose. Lire, bien sûr, mais apprendre aux autres à lire, aux enfants d'aujourd'hui, pour qu'ils puissent vivre demain.

Ce besoin est peut-être assez féminin et je le comprends. Tout cela m'éclaire sur l'attitude de cette chère tante que j'appelais Ninette. Elle n'a jamais eu de désaccord ni de conflit avec aucun d'entre nous, car, bien qu'ayant un avis sur tout, elle ne se posait jamais en juge. Elle aimait les gens comme ils étaient, avec toute la boutique de leurs défauts et de leurs qualités, ne faisant porter à personne le poids de ses souffrances.

Je me demande d'ailleurs si quelqu'un de la famille lui a un jour demandé : « Denise, comment vas-tu ? » C'est un travail immense qu'elle a dû accomplir durant toutes ces années, traverser la mort de mémé, celle de pépé. Comment a-t-elle fait pour réconforter son frère, ceux qui portaient le deuil à côté d'elle, sans jamais se plaindre ? Elle portait mon père et le regardait avec inquiétude, mais il ne le voyait pas. Il pleurait, elle le soutenait, il souffrait, elle le soutenait, il avait tort, elle le soutenait, sans mentir mais avec la vérité de l'amour.

Elle était ainsi. Pourtant, elle en avait, des soucis, mais son vrai souci était ailleurs, le goût des autres. Elle a eu Amid, son premier mari, et des amis auvergnats et auvergnates, elle a eu des enfants, les siens et tous ceux à qui elle a appris quelque chose dans les classes où elle enseignait, elle a eu sa famille et ses neveux. Je suis l'un d'eux et je sais ce que je lui dois. Elle a eu son frère, ses parents, comme on a des enfants, et puis elle a eu un homme, l'homme d'une vie, l'homme de sa vie, un homme comme il y en a peu, Bernard, mon oncle, son second mari. Oh, comme ils se ressemblent, ces deux-là ! Denise et Bernard, ils rient de la même façon, ils se délectent de la même humeur, avec le bonheur d'être deux.

Je me souviens qu'un jour Bernard m'emmena à la chasse avec son épagneul breton. Il n'a pas tiré un seul coup de fusil, mais nous avons suivi l'épagneul toute la journée. À l'arrêt, la truffe dans des herbes hautes, il faisait s'envoler les oiseaux de toutes plumes, poules faisanes, perdreaux, canards. Nous échangions des sourires, des silences, et nous partagions la nature tous les trois, lui, son fusil cassé sur le bras, le chien, et moi, qui n'en revenais pas d'être aussi bien. Après, chaque fois qu'on entendait Michel Delpech chanter « Le chasseur », nous échangions un sourire complice.

Ils ont conduit mon destin, me donnant le courage d'écrire, de comprendre et de pardonner.

Lulu était pris dans un tourbillon. Un jour, il me parla de mademoiselle C., une jeune étudiante, une lettrée, maîtrisée, agrégée, et là j'ai senti qu'un vent nouveau faisait claquer le drapeau dressé de mon père, qui partait pour des contrées inconnues et lointaines dont parfois on ne revient pas.

Un souffle puissant le poussait vers le large pour une odyssée dangereuse. Il était tout sourires, chuchotant et sautillant. La joie pleine d'un désir palpable d'aventures. Il me parla d'elle sans que j'aie besoin de l'y inviter, il voulait que je sache, que nous sachions, Francis et moi. Ce fut le début d'une traversée qui allait bouleverser nos équilibres respectifs.

Lulu me dit qu'il retrouvait très souvent une fille jeune, belle, poétique, dans la chambre de la rue Lecourbe prévue à cet effet.

À l'origine, cette chambre servait à toutes les filles de passage, des filles sans lendemain, et occasionnellement à dépanner quelques camarades dans l'assouvissement de leurs devoirs adultères. Mais je crois qu'il avait fait place nette, tant cette mademoiselle C. prenait désormais tout l'espace de sa vie cachée. Quand il allait la rejoindre rue Lecourbe, il retrouvait des sensations qu'il ne pensait plus revivre à son âge. Les démons de midi viennent sans qu'on s'y attende, et ils vous cassent la boussole à en perdre la tête en même temps que le nord. Le miroir que le diable vous tend, bien que déformant, donne envie d'y croire. Surtout si celle qui le brandit a des arguments bien proportionnés, un penchant accru pour la littérature érotique et une philosophie proche du *Kamasutra*. Tout pour plaire à Lulu qui rêvait déjà de se faire manger, ayant lui-même un faible pour les petits dessins du même genre. Là, dans l'obscurité du couloir qui le menait à la chambre, son cœur battait comme un jeune tambour. La pénombre faisait de ces après-midi des nuits inventées, des théâtres clandestins, et l'émotion ralentissait le temps qui passe. L'exaltation était telle qu'il redevenait lui-même un étudiant, oubliant l'homme, le père de famille qu'il était. Cette relation faisait écran total.

Il ouvrait la porte et découvrait mademoiselle C. nue sur le lit, dans la position du lotus.

Elle l'attendait ainsi, telle une disciple des plaisirs venant de l'autre côté du miroir. *Les Mille et Une Nuits* en plein cœur de Paris, une moiteur orientale, une pâleur tamisée entre le Maroc et l'Asie dans le XVe arrondissement.

Il s'avançait près d'elle comme un chat sur ses coussinets, les yeux mi-clos, elle l'accueillait en son royaume, avalant toutes les misères de la vie, soulageant toutes les peines du monde. Karl Marx et Lénine pouvaient se rhabiller, on verrait plus tard.

Lulu ajoutait à ses récits des traits d'humour, car il lisait dans mes yeux une peur tangible et se rendait bien compte qu'il se laissait emporter trop loin pour moi. Soudain, il me voyait comme l'ado que j'étais, et tentait une reculade : au fond c'était comme d'habitude : « radada », « un p'tit coup », « les gonzesses, là ! », « femme qui pète n'est pas morte », « toutes des salopes sauf maman », « un cul faut que ça sente le cul, un cul qui sent la violette c'est pas un cul honnête ! » Autant de tentatives pour me dire, c'est pas du sérieux, je maîtrise. Mais Lulu ne maîtrisait rien et sa maîtresse le tenait par le bon bout.

Le lotus est une fleur qui se reproduit à la vitesse d'un cheval au galop, mais en douce.

D'abord une fleur, puis deux, puis quatre, puis huit, puis seize, trente-deux, soixante-quatre, etc. jusqu'à recouvrir toute la surface de l'eau comme un tapis flottant.

Ces fleurs se replient le soir venu pour enfermer en elles tous vos souvenirs de la journée, elles vous invitent et vous envoûtent pour vous noyer à jamais dans l'antichambre des dieux, afin de les nourrir de vos cœurs attendris. Ce sont des sirènes botaniques dont le chant inaudible mène à un vertige fatal auquel vous succombez volontiers, avec le sourire du puceau découvrant son premier soubresaut de plaisir.

Bref, il était très très mal engagé dans cette histoire de fesses sacrées.

« Vachement sympa », disait-il. Tranquillou, bonhomme, papa va s'en sortir haut la papatte grâce à son irrésistible capacité à faire tomber les louloutes les plus coriaces. Franchement, j'étais loin d'en être certain, et ce jeune bleu-bite que mon père était devenu me faisait penser à ces appelés tombant au champ d'honneur. Je redoutais le jour où quelqu'un, dignement, le visage grave, viendrait sonner à notre porte pour nous rapporter sa plaque et nous dirait ces mots futiles, il est mort pour la patrie. Peu importe, il aura une médaille posthume, celle du parfait salaud.

Je n'étais pas rassuré, et, au-delà des problèmes d'alcool et de fric, pour de bon je craignais que les choses prennent un tour irréversible.

Les voyages de Lulu dans ses montagnes russes s'accentuaient et ses absences à la maison aussi. Il vivait au rythme de ses marées, il courait après tout. Mademoiselle C. prenait de plus en plus de place, et Lulu ne savait pas très bien comment s'y prendre avec Jeanine la langoureuse, ni avec Hélène, pourtant d'une patience jusque-là sans faille.

Il se retrouvait avec plusieurs vies à mener de front et ça commençait à couler sur le sien, des gouttes de plus en plus grosses dans ses rides nouvelles. Le manque ajoutait à la peur, un zeste d'habitude maladive, l'alcoolisme.

Sa folle échappée me semblait une course bien difficile à gagner. Il se débattait comme un beau diable et gardait la fraîcheur d'un jeune plus tout à fait premier.

Quelle énergie ! D'autant qu'il continuait sans doute, à Wissous et ailleurs, à trousser ses anciennes conquêtes de peur qu'elles ne parlent un jour. On ne sait jamais, un accident est si vite arrivé. Je lui demandais parfois avec une fausse naïveté comment il en était arrivé là. Il répondait alors sur le ton de la galéjade : « Ça s'est fait bêtement. »

Il ne voulait pas aborder le sujet qui m'intéressait, d'où venait cette frénésie pour les fesses des filles, quelle raison profonde le poussait à jouer avec le feu au cul des femmes ? Habile, il se débarrassait systématiquement de mes questions et passait à autre chose. Il croisait quelqu'un qu'il connaissait, ou pas d'ailleurs, il lançait « Salut l'Anglais ! », et sortait une de ses maximes « qui dit le gars en espagnol car il connaissait cette langue à fond », ou bien il me récitait des faux poèmes d'Aragon et de Prévert :

C'est rue Lafayette au 120
qu'à l'assaut du patron résiste
le vaillant parti communiste
qui défend ta mère et ton pain

Louis Aragon

Un curé noir
sur la neige blanche
c'est triste à voir
même le dimanche

Jacques Prévert

J'étais bon client. J'éclatais de rire comme toujours. Il me disait « Je t'aime, le môme », et ajoutait « Marco, Marco les grandes feuilles », car la taille de mes oreilles à la naissance était considérable. En les considérant, il faisait « C'est bien, tu auras des réductions sur les bateaux à voile », et la vie n'était pas si moche.

C'était mon père, acteur principal de sa comédie humaine. Il en écrivait les dialogues au jour le jour, ne pouvant faire machine arrière. Il fallait aller au bout coûte que coûte, sauver la face vis-à-vis de nous qui regardions le film. Une voix off me chuchotait « Ça va mal finir », alors je m'évadais dans les ruelles de mon village de banlieue à la recherche du silence, inventant des poésies bancales que je n'envoyais à personne.

Je me rends compte en regardant quelques photos et visionnant de plus près mes souvenirs, pour certains à la loupe, qu'au fond, je me suis toujours déguisé en autre chose que moi et qu'à chaque fois je me sentais mieux.

J'étais dans l'imaginaire, échappant à la réalité de mon corps et du monde.

Mon premier déguisement comportait un chapeau chinois noir, un kimono mauve, un pantalon noir et une longue moustache qui descendait de chaque côté de la bouche. Et puis ce fut Zorro, Bayard, John Wayne ou Josh Randall, Geronimo, un magicien, un sans-culotte ou un footballeur, enfin tout ce qui pouvait servir pour une fête de fin d'année ou de colo, un mardi gras, un spectacle de patronage. J'aimais être un autre, plus loin que moi, m'envoler de mon corps, me sentir bien. Pas mieux, bien. J'échappais à tout et je devenais immortel.

Aujourd'hui nous sommes là, au cimetière de Wissous, autour de ton corps immobile, sous une pluie battante qui ne cesse de tomber sur les avions d'Air Caraïbes ou d'ailleurs.

Un pied sur une chaise, tu jouais de la guitare et tu chantais Bécaud. Tu avais de très jolies mains, séduisantes et intelligentes, ta voix était belle et juste, tu aimais tant la musique et les mots. Il te suffisait de quelques notes, d'un public d'amis, quelques filles dans l'auditoire si possible, et, après le repas, la salle à manger devenait un Olympia. Tu faisais d'un soir de banlieue un spectacle du bout du monde, et nous te suivions jusque-là. Toi, un peu cabot, tu ne cachais pas ta joie. J'aurais voulu que ça dure toujours. Aujourd'hui, plus de miracle, plus de chansons, plus de toi.

Tu sais, papa, maman avait déjà fait son deuil avant que tu ne passes de vie à trépas. Elle t'avait pardonné, c'était sa nature. Ça n'a pas été simple, tu la connais, mais elle y est parvenue. Tant mieux pour elle et pour toi, tu peux partir tranquille, te reposer en paix. C'est peut-être toi qui t'en voulais le plus de ne pas être celui dont tu avais rêvé.

Tu as jonglé durant plusieurs années avec maman et les trois maîtresses qui nourrissaient ta vie et finiraient par te la pourrir.

Mais tu retardais l'échéance et tu voltigeais entre elles. Tu as dû t'en taper, des nuits blanches, noires et grises à force de te surveiller toi-même pour ne pas te faire prendre la main dans un panty. À en appeler une par le prénom d'une autre. Plus ton boulot d'agent secret…

On avait pris une ratatouille en 1974. Giscard était passé avec le monopole du cœur. On comptait bien se rattraper en 1981 avec François M., Georges M. et le programme commun. Nous attendions les municipales et les législatives, avec nos affiches, notre colle, nos seaux et nos pinceaux. Nous avions de l'espoir et, d'une certaine façon, c'est une chose qui nous liait, un ciment national qui l'était également pour notre cercle familial. Unis contre vents et marées, nous rêvions en collant la nuit nos idées sur les murs. On était bien organisés et nos lampes torches éclairaient nos visages et ceux de nos leaders, sur lesquels nos pinceaux révolutionnaires s'agitaient consciencieusement. D'un coup de balai très précis au centre de l'affiche, nous collions et nous collions et nous collions sans faire de faux plis. On était bons, j'ai longtemps cru que ça marcherait, que la famille réussirait à se recoller elle aussi.

Maman se faisait les ongles en silence, pour que ses mains, qu'elle n'aimait pas beaucoup, continuent de taper dignement à la machine. Elle avait été promue secrétaire de direction, un titre qu'elle prononçait avec fierté, mais elle était de plus en plus fragile, et la vie l'aspirait parfois comme un siphon. Elle tenait, pas le choix, et nous étions très présents pendant tes absences. Elle se sentait utile et aimée, c'était le cas, je le lui disais plusieurs fois par jour. Elle était une mère Courage et de substitution pour bon nombre de nos amis qui avaient élu domicile chez nous, certains en demi-pension, d'autres à temps complet ou presque. C'était joyeux et finalement, la vie marchait pas mal sans toi, Lulu.

Comme des temples merveilleux attaqués par l'érosion, les dents de maman s'effritaient une à une, et son ventre dur et gonflé la faisait de plus en plus souffrir. Il faudrait l'opérer et cela me faisait très peur. Comment imaginer qu'une mère qu'on pensait immortelle puisse prendre froid et tomber gravement malade ? Je priais pour que ça se passe bien, je voulais lui rendre l'existence plus belle afin qu'elle ne décide pas d'en finir une bonne fois pour toutes, de s'arrêter là. « Bon débarras, disait-elle parfois, plus d'emmerdes, plus de soucis. » Sa voix résonnait dans les couloirs de ma tête, je descendais l'escalier vers la porte pour respirer l'air du dehors.

J'enfourchais mon vélo rouge et je pédalais avec l'espoir de m'envoler, j'abandonnais ma monture dans un champ et je marchais le long des pistes d'Orly. J'étais seul au monde, incapable de changer les choses. Les avions qui décollaient vrombissaient sur moi ; absorbé dans leurs traînées blanches, je serrais mon espoir. Mon cœur tapait fort dans ma poitrine, à en faire trembler ma chemise. Je ramassais ma bicyclette demi-course couchée dans les herbes hautes de ce terrain vague où, près des caravanes blanches en semi-liberté, s'allumaient des feux de camp, et je suivais des yeux ces gens qui se lavaient à l'eau claire des lavoirs.

Michou doit se faire opérer des dents et du ventre. Coup dur pour sa féminité et pour ses chances de reconquérir un jour son Lulu de mari. La fille et petite-fille d'épiciers ne se remettait pas de ce qu'elle imaginait de tes trahisons. Elle se sentait comme une robe à fleurs fanée et froissée qu'on ne portera plus.

Des soupirs de colère sourds s'échappaient d'elle sans contrôle, elle fumait de plus en plus, elle s'occupait de sa mère, de Francis et de moi, ce qui la maintenait comme sous respiration artificielle. Son visage finit par céder peu à peu au passage du temps, plus vite que de nature, la dépression gagnait chaque jour du terrain.

Il était creusé, ce visage. Elle était toujours belle, mais ses yeux étaient en retard et d'un bleu malheureux. Sauf quand elle nous regardait Francis et moi. Ils reprenaient alors leur éclat de toujours, mais ça ne durait qu'un instant.

La réalité la rattrapait, comme quand on vous réveille en sursaut.

Et elle se remettait à l'ouvrage. Il y avait toujours quelque chose à faire, une table à mettre ou à débarrasser, du linge à laver ou à repasser, des taches, des traces, des poussières à essuyer, à frotter, à balayer ou bien à aspirer, des poubelles à vider, des choses à ranger ou à éteindre, des lampes ou la télé, des papiers à remplir, à vous remplir d'angoisse, des traites et des crédits à rembourser. Elle travaillait sans cesse avant de partir la dernière se coucher et tenter de trouver le sommeil à l'aide de médicaments durs à avaler, comme s'ils avaient du mal à trouver leur chemin dans sa gorge serrée.

Je priais en écoutant les avions pour qu'elle se réveille le lendemain matin, pour sentir sa présence, l'odeur du café et des tartines grillées.

Elle portait une robe de chambre fine, en nylon molletonné rose à fleurs délavées, qu'elle gardait longtemps les samedis, jusqu'à l'heure du déjeuner, parfois même la journée entière, sauf quand Christian, son patron, venait lui rendre visite et prendre des nouvelles. Elle se changeait rapidement, se recoiffait et revenait très jolie, détendue. Elle souriait presque, elle n'était pas à l'aise quand elle riait à cause de ses dents fragiles, elle se contentait de sourire.

Christian la regardait comme on regarde une femme et maman y était sensible. Ils se parlaient beaucoup, sans même prendre le temps de boire leur café vite refroidi. Les heures passaient et je ne voulais pas entendre ce qu'ils se disaient, mais de temps à autre je passais par là et jetais un œil furtif. Ils se souriaient en parlant, même des choses sérieuses. La femme de Christian était malade, atteinte d'un cancer, et le mari de Michou était un fantôme qui la hantait, sauf dans ces moments-là.

Michou fut transportée à l'hôpital. La maison se recroquevilla sur elle-même, rien n'était vraiment à sa place, tout un peu de côté. Une maison vide, désolée, légèrement dérivante, un trou dans la grand-voile. Le silence gagnait tout l'espace. La maison s'ennuyait de l'absence de maman, elle qui maintenait le cap même dans les tempêtes les plus violentes. Là on était paumés, on se tenait à carreau. On attendait son retour.

Lulu a eu l'idée, pour changer les nôtres, de nous emmener quelques jours à Saint-Malo. J'étais content, j'avais gardé un bon souvenir de Perros-Guirec, ma première colo.

J'étais tombé le cul dans l'eau glacée. Je me souviens de ce moment de solitude vis-à-vis de mes petits camarades que je venais à peine de rencontrer. Ils me regardaient tous en se marrant discrètement. Mais le froid que je ressentais à l'intérieur n'était rien comparé à celui du contact de l'eau qui me prenait violemment l'arrière-train et qui, plus tard, en séchant, donnerait à ma première paire de blue-jeans la consistance d'un pantalon de carton. Sur les roches roses auxquelles je m'agrippais pour sortir mon fondement du bleu de cet océan farceur, je ne montrai rien de mon désarroi et poursuivis mon escalade latérale vers la plage avec le sourire aux lèvres, l'arme défensive des timides.

Oui, partir à Saint-Malo avec Lulu et Titi, c'était une belle idée, une façon de dépasser cette mésaventure – il ne faut jamais s'avouer vaincu. J'aimais les crêpes, la croix celtique, les dolmens et les herbes échevelées par le souffle des vents, Gilles Servat, Tri Yann et Alan Stivell, je fredonnais déjà « j'entends le loup, le renard et la belette » – bref, j'étais en joie !

Nous allions à Saint-Malo car un ami de Lulu, un coco des Chèques postaux, possédait un modeste trois-pièces très sympa intra-muros et le lui prêtait quelques jours. Francis et moi étions pourvus d'un léger sac chacun : jeans, pull marin, bonnet, opinel au cas où, chaussettes de laine et un vieux caban bleu marine. Des trucs simples et chauds car, en Bretagne, ça souffle. En voiture, on est partis. Mais Lulu nous avait réservé une petite surprise. Nous devions prendre une passagère de choix, mademoiselle C. et sa position du lotus désormais légendaire. Il ne manquait plus que ça. Ça ferait une occupation pour Lulu quand on serait couchés. J'affichai donc un grand sourire de désespoir, espérant brouiller les pistes. J'avais imaginé qu'on partait tous les trois, qu'est-ce que j'étais ballot, évidemment quatre, c'était mieux.

Dans ma tête d'adolescent demeuré, je me demandais si Lulu avait prévu le coup pour nous présenter son lotus, histoire de créer du lien, nous habituer petit à petit, au cas où on voudrait l'adopter et la ramener à la maison, ou bien s'il avait prévu de longue date de partir seul avec sa plante à poitrine. Évidemment, Michou hospitalisée, ça foutait ce joli plan à l'eau ; alors plutôt que d'annuler, il avait dû dire à mademoiselle C. : « On emmène les mouflets, comme ça, les présentations seront faites, et puis j'ai trop envie de toi, mon petit lotus », et vogue la galère…

Quand nous sommes arrivés à Saint-Malo intra-muros, dans l'appartement très sympa, on a vite fait le tour et attribué les chambres, dont celle qui serait, pour ces quelques jours, l'aire de jeux de Lulu et de sa fleur. J'en avais mal au ventre, ce qui pour moi était monnaie courante, mais là je mettais un visage et un lit sur mes crampes d'estomac, je voyais le lieu où mon père allait arroser sa maîtresse à cœur joie, sans vergogne et intra-muros. Les vieilles pierres ça isole, mais j'avais du mal à l'avaler, celle-là.

Au restaurant, devant ma galette de sarrasin, je n'en menais pas large. Moi qui d'habitude me tenais plutôt bien devant une œuf-jambon-fromage, je ne savais pas par quel bout la prendre. « Tu manges pas, l'môme ? » me lança Lulu en sifflant une bolée de cidre.

À la pointe, par grand vent, les vagues tapaient très fort sur les rochers et nous recouvraient une fois sur quatre. À peine le temps de reprendre sa respiration et, hop, une grosse vague dans la face. Nous étions trempés par des douches monumentales. Une météo parfaite et vengeresse, mademoiselle C. en prenait largement pour son grade. Fixé sous mon bonnet, les poings serrés dans mon caban, je la regardais s'avaler des seaux d'eau salée et j'imaginais que Michou lui envoyait des claques depuis l'hôpital par l'intermédiaire des esprits facétieux de la Bretagne. Il faut dire qu'un lotus rincé par les vagues de l'Atlantique un jour de grand vent, c'était du beau travail.

À notre retour intra-muros, ils allèrent se murer pour se sécher dans leur chambre. J'ai préféré me mettre au lit, j'ai demandé à mon frère de me surveiller, comme il le faisait depuis toujours. Il s'allongea derrière moi, son bras me prit contre lui, il me dit : « Détends-toi, je suis là, je te surveille. » Il était grand, fort et chaud. Je me suis endormi dans ses bras, le seul endroit où j'étais à l'abri.

Le séjour n'a pas duré longtemps, mais c'était déjà trop pour moi. Je ne montrais rien, ma timidité me servait de couverture. Titi, lui, se sentait un peu obligé de jouer le jeu de la connivence vis-à-vis de papa, et comme je n'ouvrais pas la bouche, je souffrais pour lui. J'avais hâte de rentrer, d'attendre le retour de maman, à qui je devrais cacher la vérité sur ces quelques jours intra-muros.

De retour rue des Acacias, voilà, les présentations avec mademoiselle C. étaient faites, on n'allait pas moisir ici ni boire le verre de l'amitié. J'ai embrassé le lotus du bout des lèvres comme un faux cul, et j'ai cru sentir au passage l'odeur de leurs ébats. J'ai baissé la tête, j'ai machinalement remué une main pour dire au revoir et je me suis retourné, laissant derrière moi ce cauchemar et le bruit des vagues de Saint-Malo. Je suis rentré dans ma chambre et j'ai dormi douze heures.

Lors des dîners en famille, je verrais désormais flotter au-dessus de la tête de Lulu, et le suivre partout, les Trois Grâces dans l'espace : Hélène accrochée à son bras, Jeanine agrippée à son pantalon et mademoiselle C. pendue à son cou. Je trouvais que Lulu ne manquait pas d'aplomb, mais je n'arrivais toujours pas à lui en vouloir. Néanmoins, l'image de ces trois femmes flottant autour de lui, au foot, au café, à table, en voiture, sous sa douche, au lit à côté de Michou, c'était surréaliste.

Alors je sortais le plus possible et le plus tard possible, à taper sur mon ballon de plus en plus fort sous la lueur des réverbères. Le son de la balle qui s'écrasait contre le mur et rebondissait sur les trottoirs ou sur la rue résonnait comme des coups de feu. Je tirais des penalties à l'infini, comme pour fusiller mes souvenirs.

Maman était rentrée de l'hôpital et avait dû se faire changer les dents pour quelque chose de définitif qui ne la ferait plus jamais souffrir. Il fallait que ça cicatrise, et après, adieu les dentistes et leurs roulettes. Il faudrait ensuite qu'elle s'habitue au port de l'appareil pour retrouver la liberté de sourire et de rire. Elle effacerait peu à peu ses anciens gestes, la main devant la bouche, la tête penchée vers l'avant.

Dans la seconde moitié des années soixante-dix, Lulu s'est laissé pousser la barbe, il la gardera toute sa vie, maman a de nouvelles dents, Francis est en route vers le monde adulte, il dessine de mieux en mieux, il va dans une école d'art, et moi, qui suis un peu à la traîne, j'écris tout le temps. Je commence à jouer de la guitare et je grandis de vingt centimètres d'un coup. J'ai mal partout, on appelle ça la croissance. Tout semble s'apaiser, mais il faut se méfier du calme comme de l'eau qui dort. C'est fou combien ce genre de dictons peut vous empêcher de saisir les moments comme ils viennent. Il faut toujours s'angoisser à l'avance, anticiper la tuile, ce malheur qui ne vient jamais seul. Je voulais profiter de mes quatorze ans en évitant un instant de penser à l'avenir.

Francis avait changé d'école et de partenaire. Sa nouvelle fiancée s'appelait Amélie. Elle était très différente de Romy, moins belle mais plus coquine, beaucoup plus coquine, très coquine. Elle sentait le cul à plein nez. Ils avaient l'air de bien s'entendre tous les deux. Mon frère s'était installé une piaule dans le garage. Il y avait construit un mur de brique rouge et l'avait recouvert de plâtre blanc de façon irrégulière. Dans cet atelier, il pouvait peindre en toute liberté, écouter de la musique, recevoir ses amis et Amélie.

Je les voyais parfois sortir de la chambre, échevelés et détendus. Il avait scié les barreaux de la petite fenêtre du garage, qui donnait sur la pelouse et sur le cerisier. La lumière rasante y entrait de façon tamisée. J'avais le droit de venir écouter des disques et rêver devant ses dessins, ses tableaux. L'ancienne carrée de Titi me revenait de droit, comme tout ce qui lui avait appartenu, les jouets puis les vêtements, le vélo. Ma chambre devint celle d'Egidio, mon ami portugais, un demi-frère de cœur qui décida un jour, avec l'accord de ses parents, de s'installer à la maison. Nuno, son frère, venait tous les jours, ainsi que Coyote, Bibi, Gounnot et, bien sûr, Billy.

Ça déroulait tranquillement, les années soixante-dix s'étalaient comme la queue d'une comète psychédélique. C'était le temps des fêtes au poulailler, un vieux hangar que des amis de la bande avaient aménagé en boîte de nuit, où se rejoignaient tous les copains des copains de copains et copines des villes de banlieues alentour, pour une entrée peu chère. Tout ça était très organisé. Les plus anciens s'occupaient du service d'ordre, quand certains dépassaient la dose, ils les évacuaient en douceur, et surtout ils nous protégeaient des mauvaises personnes.

Les journées off et les soirs après l'école, on se retrouvait à quelques-uns, les plus proches, au Ranch, une petite maison de bois qui appartenait à Bibi. On écoutait des disques et on jouait au tarot, on embrassait les filles.

On avait changé nos vélos pour des meules. J'avais une vieille bleue d'occasion, certains des orange, des 104, des 103 ou des 102 Peugeot. Coy avait un Caddy. Je me souviens d'une fille qui avait une Ciao, une Portugaise très jolie,

Candida, une amie de Billy – toutes les filles étaient des amies de Billy.

Je roulais seul ou à deux, en bande, avec des filles à l'arrière sur le porte-bagages ou sur la selle biplace. Elles enroulaient leurs bras autour de nos tailles, on portait des blousons légers, des chemises et des foulards, des jeans et des santiags avec des mouches. Nos cheveux étaient longs, nous étions tous amoureux, c'étaient nos quinze ans.

Il y avait du boulot et de l'espoir pour tout le monde, nous roulions vers les années quatre-vingt sans même nous en rendre compte, on s'en foutait, on était bien.

À l'école, je suis resté en errance jusqu'à la cinquième. Je me laissais glisser lentement mais sûrement vers le fond de la salle et du classement général. J'étais parmi les bons derniers, les sympas, les glandeurs, les perdants. Je ne trouvais rien d'attachant chez moi, rien d'intéressant, à part les copains et les filles – surtout les copines de Billy. Je me laissais porter par le courant alternatif des Floyd et de la douce France de mon adolescence naissante. Bref, j'étais cool comme un concombre, et puis je suis passé en quatrième et je suis tombé sur M. Cadet, enseignant hirsute et barbu, ressemblant plus à un membre du groupe Ange qu'à un prof traditionnel, et dont les méthodes pédagogiques étaient radicalement nouvelles. Il organisait la classe comme un groupe littéraire de recherche et de création, un atelier, qui poussait volontiers les murs et le cadre poussiéreux des bahuts conventionnels, et faisait voler en éclats les carcans dont nous étions prisonniers. Les habitudes prenaient un coup de vieux, pour donner naissance à un autre chose dont nous avions conscience, c'est-à-dire l'air libre. Depuis, je n'ai cessé d'écrire pour que M. Cadet soit fier de moi, j'avais de bonnes notes et j'aimais l'école, la littérature, le théâtre. Il m'a dit : « Marc, tu peux vivre de l'écriture et du théâtre. » Nous allions voir des pièces et nous abordions des auteurs qui m'émerveillaient, surtout les poètes, Rimbaud, Verlaine, Éluard, etc. Cette année-là fut révolutionnaire, quelqu'un en dehors de ma famille croyait en moi. Ce fut le déclencheur de toutes mes audaces.

Maman était trop fatiguée. Elle est partie quelque temps en convalescence, après des opérations à répétition. Elle était lessivée, pâle, transparente.

Pendant ce temps-là, Lulu a décidé de rompre avec Hélène et Jeanine, pour se concentrer exclusivement sur mademoiselle C., qui, comme je l'avais pressenti, prenait de plus en plus de place. La vie de Lulu devenait trop étroite et surtout trop chargée, comme ces barques qui finissent par se retourner avant de sombrer.

Courageusement, il choisit de commencer par Hélène. Il prit la route de Fontenay-aux-Roses, comme un pèlerinage, il tourna sa clé dans la serrure de la porte de l'appartement qu'il connaissait si bien pour y avoir, depuis vingt ans, savouré ses tendres années.

Quand il est entré et qu'elle a vu son air emmerdé, Hélène n'a eu aucun mal à deviner ce qu'il avait à lui apprendre. Elle lui a dit :

« Donne-moi tes clés, prends ce qu'il te reste à prendre et va-t'en. » Doucement. Il a essuyé une larme sincère, et puis une autre, et une autre, elle lui a dit « je t'en prie », il est allé dans la salle de bains faire pipi, il s'est mouché avec un peu de papier cul, en tirant la chasse d'eau, il a reniflé : « Pardonne-moi si tu peux. » Il a cru que le bruit de l'eau avait couvert sa voix, il est sorti, le cœur gros, sa petite valise à la main, pleine de ses souvenirs d'avec Hélène. Ils avaient fait moitié-moitié.

Au bout du couloir, avant de prendre l'escalier et de descendre les trois étages qui l'emmèneraient ailleurs et pour toujours, il entendit la voix d'Hélène pour la dernière fois. « Lucien… Je n'ai rien à te pardonner. Tâche d'être heureux. » Et puis elle a fermé la porte sur toutes ces années mortes, j'imagine qu'elle a mis le disque de Jean Ferrat et qu'elle a écouté « La matinée se lève » en regardant le ciel du printemps qui va naître.

Lulu est monté dans sa voiture, il a démarré en allumant une Gauloises, il a tourné le coin de la rue.

Ils ne se sont plus jamais revus.

Mon père roulait avec les yeux mouillés, Hélène était une amie, une des plus jolies parties de sa vie. Michou l'aimait beaucoup et moi aussi. Lulu était triste, il avait envie de se taper un whisky glace, bon, c'était dur mais c'était fait. Il eut un soupir de soulagement et tout de suite une légère inquiétude. Le lendemain, il avait rendez-vous avec Jeanine, c'était pas gagné. J'avoue que j'aurais pas aimé être à sa place quand la fan de Charles Dumont allait recevoir le missile.

Pour l'heure, Lulu s'arrêta dans un rade pour se taper un ou deux godets bons pour les artères, avant de nous emmener au cinéma.

C'en était donc fini d'Hélène, et d'une certaine façon, moi aussi, j'avais l'impression d'être ou d'avoir été quitté. J'avais ma part de chagrin, une cabane de mon enfance venait d'être brisée. Quand on brise le cœur de quelqu'un, on en brise toujours plusieurs à la fois, c'est ça la vie, un magasin de porcelaine.

Cette nuit-là, je me suis réveillé en sursaut, je venais de faire un rêve bizarre. Mémé Malou, pépé Riton faisaient partie du voyage, et, dans mon réveil encore incertain, les premiers avions du matin partaient déjà ou revenaient enfin. J'allai dans la cuisine boire un verre de lait froid. Je rêvais de quitter l'école pour faire du théâtre. J'attendrais que maman revienne pour en parler à mes parents.

Pour l'heure, je te regardais, Lulu, et tu me semblais légèrement soucieux. Cette façon de serrer les mâchoires par à-coups était le signe d'une grande nervosité. Cela dit, je me mets à ta place, quitter la Jeanine, car c'était là ton intention et la raison de ces tremblements, quitter la blonde onduleuse et gourmande aurait été pour tout homme un combat à la hauteur des rencontres entre Ali et Foreman. Lulu bomayé ! Lulu bomayé ! Il fallait pas se louper, ça pouvait tomber de tous les côtés. Connaissant bien ta partenaire déchaînée du paddock, tu avais beau me répéter que ça allait bien se passer, je suis pas sûr que tu y croyais toi-même. Tu ajoutais : « Faut quand même que je fasse gaffe, elle est pas méchante, mais comme elle a pas inventé le bidon de deux litres et qu'elle est très amoureuse de moi, je risque quand même d'en prendre une en passant, faudra esquiver ou se laisser faire un peu, quitte à lui en mettre un dernier petit coup pour la route, histoire de se quitter sur un bon souvenir. Faudrait pas que j'me fasse blouser. » Sur ces belles paroles, tu partis, armé de ton courage vacillant, pour Austerlitz… ou Waterloo.

Te voici dans ta voiture, roulant vers ton destin, tapotant sur le volant nerveusement et repensant aux mots que tu comptes prononcer. Un coup d'œil de temps en temps dans le rétroviseur pour prendre un air pénétré, de circonstance. Tu t'allumes une clope et tu répètes à voix haute un texte qui sonne faux, du genre : « Je t'aime, mais ma femme, tu sais, c'est pas simple. »

Quelques rues du XVe arrondissement te séparent du lieu de ton rendez-vous avec la Jeanine. Tu ralentis légèrement, laissant passer les feux au rouge, quelques minutes de gagnées, et enfin tu la vois de loin à la sortie du métro Vaugirard, comme prévu. Tout en beauté, sexy, maquillée comme d'habitude.

Tu t'arrêtes, tu te penches pour ouvrir la portière de l'intérieur, toujours gentleman. Elle s'installe, son parfum la précède et la suit, sa robe flotte comme un parachute. Tu aperçois sa culotte et tu sens dans ton pantalon se dresser comme un léger chapiteau, pas Pinder ni Bouglione mais tout de même. Tu lâches, un peu lâche, un « Ça va, Jeanine ? – Oui », te répond-elle en te mangeant la bouche avec gourmandise et en posant la main sur ton sexe qui pointe la tête comme un soldat en permission.

Tu démarres la bagnole.

Ça va pas être simple, te disais-tu intérieurement, tandis qu'elle te répond « Et toi, tu vas bien, mon amour ? Tu as envie de ta petite salope ? Ce soir, on va vite dîner et puis on se mange toute la nuit. » Un silence envahit l'habitacle de ta CX Pallas à injection. Tu fixais la route, évitant tout mouvement brusque, et tu lui annonces d'une traite et sans sourciller, deux points ouvrez les guillemets : « Jeanine, trois points de suspension, je te quitte… Pardon, ma chérie. »

Pas même le temps de finir ta phrase que, dans un cri étouffé, un sanglot trop grand pour elle, à l'annonce guillotine de cette séparation, Jeanine se jeta par la portière. À une vitesse raisonnable, mais quand même, c'était pas prévu, et ce geste de dingue dépassait largement ce que tu avais envisagé.

« Elle m'aime, putain ! Elle est folle ! Je suis dans la merde ! répétais-tu, dans la merde ! »

Tu freines, tu te gares un peu plus loin, tu sors, tu refermes la portière et celle que Jeanine a laissée ouverte en sautant, tu t'approches d'elle, jetant autour de toi quelques regards furtifs et affolés, et tu lui dis : « Bah ! Ma chérie, faut pas faire des choses pareilles, tu aurais pu te tuer. »

Le spectacle était pas beau à voir, plus de peur que de mal, elle était bien tombée, une roulade assez digne, amortie par les coussins naturels qu'elle avait sur les fesses et un peu partout. Non pas qu'elle fût grosse, mais bien en chair quand même. À sa place, une mince se serait brisé quelque chose. Là, on ne déplorait que quelques marques aux genoux, une bosse à la tête et des égratignures sans gravité. Mais les chaussures avaient quitté Jeanine, elle était sur le cul, sur la chaussée, décoiffée et hurlante de larmes. Tout foutait le camp, le rimmel dégoulinait sur ses joues, elle te traitait de salaud, d'enculé, un trou dans sa robe arrachée. Elle était assez belle et plutôt excitante, attendrissante. Abasourdi, tu voulus te pencher pour l'aider à se relever, c'est là que tu as pris la première baffe. Elle était costaud, la Jeanine, t'en as pris quelques-unes, tu as essayé d'esquiver et de la calmer, une baffe sur trois était pour toi.

Quand elle a ramassé son sac à main pour te taper dessus avec, puis qu'elle a voulu saisir une de ses chaussures à talons aiguilles pour te poignarder, tu t'es dit : « Barrons-nous, ça va mal finir. » Comme tu courais plus vite qu'elle, tu as pu remonter en voiture et démarrer en vitesse. Elle eut juste le temps de te jeter une chaussure qui rebondit sur la lunette arrière de la CX à injection. Tu entendis les dernières insultes qu'elle t'adressa : « Fumier, ordure, minable, pauvre type ! » Tu l'as regardée dans le rétro avant de la perdre, et tu as grillé un feu pour être sûr qu'elle ne puisse pas te rattraper. « Oh putain ! T'as eu chaud, mon colon », pensais-tu en allumant une Gauloises.

Quelques cigarettes plus tard, tu t'es garé porte d'Orléans, tu as jeté les cassettes de Charles Dumont dans une poubelle près de la station de bus, tu as laissé les portes de la voiture ouvertes pour que le capiteux parfum de Jeanine s'évapore dans les rues de Paris. Tu étais encore sous le choc.

« Et de deux, pensais-tu… Je ne m'en suis pas si mal sorti. Ça aurait pu se transformer en boucherie, mais je pense avoir évité le pire. » Tu vérifias quand même que ton intégrité physique n'avait pas eu à souffrir des griffes de ta tigresse, on ne sait jamais, dans le feu de l'action on ne sent pas toujours la douleur ni les coups de griffe.

Non, rien, et tes fringues étaient intactes. Tu avais les joues un peu roses, normal t'en avais pris de bonnes, mais rien de bien méchant. Tu as roulé sur l'autoroute jusqu'à la station-service du pont d'Orly ouverte la nuit où tu as fait le plein, comme pour décompresser avant le retour au bercail. Tu fredonnais une chanson aux paroles inventées : « Il a eu du cul, Lulu, il a eu du cul. T'as eu chaud au cul, Lulu, t'as eu chaud au cul. » Tu riais de toi-même nerveusement, et enfin tu es rentré.

Tu t'es foutu au lit amusé, mais légèrement inquiet. Jeanine la féline pourrait-elle remuer la boue dans laquelle tu l'avais laissée ? Oh putain ! Tu as eu du mal à t'endormir et je t'ai trouvé dans le salon au milieu de la nuit, face à la porte-fenêtre du balcon, un whisky dans une main et une cigarette dans l'autre, alors que j'allais faire pipi. Je t'ai dit : « Ça va, papa ? Ça a pas l'air d'aller ! » Tu m'as dit : « Si, si, Marco, ça va. Mais le boulot, tu sais ! Les élections, la vie quoi, c'est pas simple. Mais ça va, je t'aime, mon fils, t'es mignon, va te recoucher. »

Durant cette période, Lulu a un peu pété les plombs. Une crise d'adolescence débridée et tardive. Michou était toujours en convalescence, et à la maison ça sentait le laisser-aller, comme une forme de décadence. Lulu semblait atteint d'une lotus de cerveau carabinée. Sa vie d'avant sentait le vieillot, le classique et le renfermé. Il rêvait d'aventure, de partir. Ça puait le chaos, il se conduisait de façon désinvolte, il voulait rester dans le coup, et il l'était.

J'avais grandi et je jouais moins le jeu, Lulu sentait qu'il n'avait plus autant de prise sur moi qu'avant, surtout quand on évoquait ce sujet-là en tout cas, le lotus et le radada. Je l'adorais mais il se comportait comme un célibataire. Maman était quand même dans un état critique, essayant de recoller les morceaux de son corps plusieurs fois découpé au bistouri et recousu sur une surface importante, victime d'éventration et d'infections, et lui, ça ne semblait pas l'inquiéter plus que ça, il papillonnait et profitait de l'espace libre pour vivre toutes voiles dehors. Il était vraiment amoureux. Il parlait politique, des lendemains qui allaient chanter et transformer la vie, notamment la sienne. Il buvait, faisait la fête, c'était sympa au début, mais au début.

Un soir, il y avait pas mal de monde à la maison, c'était le printemps je crois, il préparait une sorte de barbecue sous le cerisier. On avait sorti une table, quelques chaises, de la musique passait par la fenêtre de la chambre de Francis. Rien de bien folichon, une fête tranquille, détendue. Assis tout sourire au milieu de nos copains, Lulu avait à ses côtés mademoiselle C. qui, bien qu'encore jeune, faisait plus âgée que les plus âgés des amis de mon frère. La présence du lotus dans notre jardin, sur notre pelouse, sous notre cerisier, c'était à mes yeux une transgression irrespirable. Tant que tout ça restait loin de Wissous, ça restait leur affaire. Même l'épisode de la culbute dans le dressing était un acte isolé, en cachette, un soir de grande dérive. Je pouvais le comprendre ou plutôt le supporter. Mais là, aux yeux de tous... Je ne suis resté qu'un quart d'heure, à tourner en rond, et puis je n'ai pas pu.

J'ai démarré ma mob et j'ai roulé très vite. Je prenais les virages à fond la caisse comme pour chercher l'accident. J'ai évité la chute plusieurs fois et une voiture dans un virage. Finalement, j'ai raté le suivant et j'ai fait un tout droit dans un champ. Je n'ai heurté aucun obstacle, mais mon casque s'est détaché. J'ai vérifié si je n'avais rien, le moteur de ma bleue s'emballait dans un bruit de scie électrique, la roue arrière envoyait de la terre, le guidon avait reçu un peu, la roue avant aussi, légèrement voilée sans doute. J'ai remis la meule sur ses roues et j'ai roulé doucement en respirant très fort. J'avais un trou dans ma chemise, de la terre dans la bouche, mon jean était légèrement ouvert sur un genou. J'ai passé la nuit au Ranch, je ne pouvais pas être complice de ce soir-là.

J'ai pratiqué la politique de la chaise de jardin vide, cherchant à éviter un débat sans issue. Ma cause était perdue, on n'arrête pas un train en marche. Je ne suis revenu que le lendemain après-midi, à pied, laissant ma bécane pour la réparer plus tard dans l'atelier des motos de Bibi.

À cette même période, Mistouflette est morte. Elle avait fait son temps, elle aussi, fatiguée d'avoir chassé tous les chats du quartier et d'avoir mis bas tant de portées dont les chatons, vers la fin, ne survivaient presque plus. Elle nous a dit au revoir et a disparu dans la nature pour ne jamais revenir. D'habitude, elle s'éclipsait quelques jours pour lécher ses blessures et, une fois guérie, elle revenait. Cette fois, la plaie était sûrement trop grande.

Nous étions tristes et Michou, revenue de convalescence, était aussi chagrinée, car Mistouflette accompagnait ses traversées en terres de solitude. Le départ de notre chatte annonçait cette fin de règne, peut-être avait-elle senti le déclin proche et probable de cette famille qui ne tenait plus qu'à un fil.

C'est un soir de ces semaines-là que j'ai décidé d'annoncer à mes parents que je voulais être comédien. Je devais sentir moi aussi que les choses finiraient mal. Il fallait que je bouge, que je prenne position quant à mon avenir de façon ferme et définitive.

Nous dînions tous les quatre autour de la table, comme d'habitude. Depuis que j'avais vu *Le Fanfaron* – Vittorio Gassman, qui ressemblait un peu à Lulu, y entraînait malgré lui Jean-Louis Trintignant, auquel je m'étais identifié, dans sa voiture et ses aventures –, je caressais l'idée d'être acteur de cinéma. Mais après avoir vu Philippe Caubère dans le *Molière* d'Ariane Mnouchkine, une envie a poussé en moi de façon incontrôlable. Le théâtre, voilà ce que je voulais faire, du théâtre.

Lulu et Michou aimaient beaucoup ça. Jean Vilar, Gérard Philipe, c'était leur lien, leur rêve, et c'est bien ça qui me faisait peur. Alors, comme Molière lançant à table à ses parents : « Je veux être acteur », j'ai répété cette phrase avant de faire face à mon public, qui serait, ce soir-là, composé de mon frère et de mes parents. J'ai compris ce qu'était le trac. Des coulisses de ma timidité, j'ai pris mon courage à deux mains, j'ai entendu les trois coups, le rideau s'est ouvert et j'ai déclaré : « Papa, maman, je veux être acteur. »

Maman garda le silence, sans doute avait-elle peur pour moi, puis, quand cet ange fut passé, et après une légère consultation entre eux qui ne dura que quelques minutes, j'entendis « d'accord ». Ce mot résonna comme des applaudissements.

Francis m'embrassa sur la joue de bonheur, moi j'en avais les larmes aux yeux et le souffle coupé. Ils me dirent qu'il fallait trouver une troupe ou une école, un travail et une chambre, pour que rapidement je puisse être autonome afin de payer les cours de théâtre, la chambre et le téléphone. C'était le deal, se lancer dans la vie, oui, mais nous n'avions pas les moyens de faire autrement que d'y entrer de cette façon. J'ai accepté sans hésitation.

Lulu a dit qu'il connaissait quelqu'un qui avait un ami dans une troupe et qu'il allait me trouver une chambre de bonne. L'ami en question était un ami de mademoiselle C. Évidemment, Michou n'en savait rien, et moi je ne voulais pas savoir. Le type s'appelait Marc. Avant toute chose, je devrais passer une audition, rencontrer le maître – le metteur en scène et professeur –, et rien n'était sûr. Sauf moi. Armé de mes seize ans, je n'allais pas rater une occasion pareille. Mon père a ajouté qu'un ami à lui possédait une chambre dont il voulait se séparer rue Lecourbe. Drôle de coïncidence. Je m'en foutais, c'était parfait. Il ne me restait plus qu'à trouver du boulot, et Marc, l'ami du lotus qui allait me prendre sous son aile, me présenta Colette, une comédienne de la troupe qui s'occupait des confiseries dans un music-hall parisien et m'y ferait entrer, puisqu'un de leurs collègues placeurs s'en allait pour épouser une carrière d'acteur de cinéma. Le plan se déroulait à merveille. Si, jusqu'alors, je connaissais surtout la porte d'Orléans et les cinémas indépendants de Saint-Michel, je m'enfonçai peu à peu dans les rues de Paris pour un monde nouveau, une aventure, ma vie d'artiste.

Les choses se sont passées comme prévu. Lulu m'a emmené chez le metteur en scène, une espèce de vieux fou fascinant. Mon père s'en méfiait comme de la peste, il connaissait bien les hommes. Je compris plus tard qu'il avait raison :

le professeur sautait toutes les filles de la classe et nous piquait 500 francs chaque mois. Quand je n'ai plus pu le payer, il m'a viré comme un salaud. J'ai intégré cette bande de cinglés, ça m'a plu tout de suite et bientôt je devins apprenti comédien et placeur dans un music-hall.

1978. Paris, tu m'as ouvert les bras.

Je revenais régulièrement à Wissous. Francis poursuivait ses études supérieures d'art à Chantilly dans une école fantastique, mes copains étaient presque tous au lycée, ou en CET pour certains.

Lulu, débarrassé de ses maîtresses encombrantes, respirait mieux, et maman avait repris le travail. Nous partions en vacances à Douelle, comme toujours. Francis parcourait l'Europe dans une DS bleu ciel avec deux copains, ils envisageaient de faire cap nord cap sud comme des aventuriers.

On allait voir des concerts au Pavillon de Paris, les Floyd, Bowie, Bob Marley, Franck Zappa. J'allais au théâtre et surtout je jouais des scènes de Molière, de Lorca, d'Ibsen, de Dostoïevski ou de Sartre. Ça se passait très bien, surtout que j'étais amoureux, mais c'est une autre histoire.

Je me souviens d'un soir où nous étions sortis, Billy, Nathalie mon amoureuse, Gounnot et moi, pour rejoindre une fête dans un pavillon un peu chic d'une ville voisine. À force d'avoir invité à tour de bras au poulailler, on s'était fait un petit réseau. Gounnot, le plus âgé d'entre nous, avait son permis bagnole. Il venait de s'acheter une super caisse d'occase trouvée je ne sais où ni comment, un coupé sport Fiat gris métallisé vachement beau. On était sur le cul et on avait la sensation de jouer dans un film de voyous.

Un peu stones, nous roulions tranquille, en évitant les contrôles de police, sans trouver le pavillon chic. Nous aimions les pavillons chics, car, en fin de soirée, nous jouions à des chamboule-tout inspirés par Gounnot. Il s'agissait de changer tous les meubles de place dans ces intérieurs bourgeois, ceux du salon dans les chambres, des chambres dans la cuisine, et quelques fauteuils ou canapés sur les gazons rasés attendant l'arrosage automatique. Ça nous faisait marrer. Ivre de gin ou de vodka, j'assumais pas trop, mais comme je ne voulais pas passer pour un dégonflé devant les copains, avec un peu d'alcool et une taffe de libanais rouge ou de zaïroise pétillante, je finissais par surmonter ma lâcheté et je participais de loin, du bout des doigts, le plus discrètement possible, déplaçant des objets pas très voyants, des lampes, des photos, un tabouret par-ci par-là. Toujours est-il que les chamboule-tout me faisaient rire autant que les autres et nous faisaient passer pour des freaks du dimanche. Une façon de marquer notre différence et de devenir définitivement tricards. Notre réputation y laissait chaque fois des plumes. À la fin, on n'était plus invités nulle part, notre solde était dépassé, game over, pas d'extra balle.

Donc nous cherchions notre route dans la Fiat sport enfumée de Gounnot. Quand une voiture que nous suivions, et qui roulait trop lentement à notre goût, finit par nous énerver, on y alla franco d'appels de phares et de coups de klaxon italien, tout en insultant les passagers, des escargots qui conduisaient à deux à l'heure. On était morts de rire et nous klaxonnions de plus belle en leur criant des noms d'oiseaux de tout style, quand soudain la voiture s'arrêta et nos rires aussi. On vit sortir deux Chinois de trente ou trente-cinq balais, deux Bruce Lee qui enlevèrent leurs vestes grises impeccables et les jetèrent dans l'habitacle, laissant les portières ouvertes. Ils se détachaient dans la lumière jaune des phares de la Fiat qui rigolait et klaxonnait déjà beaucoup moins. On a vite remonté les vitres électriques et fermé les deux portes du coupé. Ils avançaient en chemises blanches et cravates noires, tout droit sortis d'un film de gens jaunes qui nous foutaient vachement la trouille. On était gros comme l'estomac de nos gaules et on ne s'était battus que pour déconner ; Billy, le plus fort d'entre nous, avait arrêté le judo à la ceinture orange, c'est dire si on était prêts à un combat de rue nocturne avec deux Shaolin tendus comme des arbalètes. Ils remontaient leurs manches, sûrs d'eux-mêmes, nous fixaient et nous n'osions plus ni bouger ni les regarder. Seul Gounnot était pris de fous rires nerveux. J'ai dit : « Déconne pas, Gounnot, on va se faire ratatiner. » Les deux Chinois tapaient de leurs poings sur les vitres de la Fiat et nous demandaient de sortir en prenant des poses de karatékas très motivés à l'idée de nous faire passer l'envie de fanfaronner. On leur a présenté nos excuses les plus plates, comme des rigolos en service de nuit, des petits bras, des pieds-tendres, des demi-sels. Ils nous ont libérés du regard, faisant le tour de la bagnole et frappant d'un poing ferme sur le pare-brise, histoire de nous humilier une bonne fois pour toutes. Nous les avons regardés réenfiler leurs vestes et remonter dans leur voiture. Un cauchemar. On a rigolé comme des malades au lieu de se faire dessus, on a attendu qu'ils démarrent et, après quelques instants de silence, on a repris nos esprits et on s'est remis à rechercher le pavillon chic sur lequel nous irions nous venger plus tard. Et encore… en espérant qu'il ne s'agisse pas de la maison des deux justiciers asiatiques.

Le lendemain et les jours qui suivirent, tout défilait paisiblement, les communistes s'engageaient dans le programme commun avec les roses et les forces de gauche, préparant à grands pas la présidentielle. C'est alors, au cœur de cet équilibre harmonieux, qu'un fait nouveau, un grain de sable de taille, vint enrayer la machine de ces temps de paix. Une poussière qui vous trouble la vue, un événement inattendu qui vous remplit d'effroi.

Michou a reçu des appels anonymes. Au début, de simples coups de téléphone, l'auteur raccrochait aussitôt que nous avions décroché le combiné beige. Cela avait évidemment pour conséquence de mettre une sale ambiance à la maison, alors que jusque-là, l'atmosphère était plutôt relax. Après avoir enterré de Gaulle en 1970, Pompidou qui lui avait succédé s'était éteint gonflé de cortisone, et enfin Giscard, depuis les diamants de Bokassa, avait un sacré trou dans son électorat. On sentait que la France avait envie de faire table rase d'un passé de droite qui avait trop duré, et que la gauche menée par cet ancien garde des Sceaux, le grand François, avait une sérieuse chance de l'emporter. Et là, juste avant que le rêve commun de mes parents ait vu le jour, la vie à la maison risquait de tourner au cauchemar. Le début d'une histoire allait-elle marquer la fin de la nôtre ?

Ça semblait sentir l'eau de boudin, la fin des haricots et des illusions de ma mère. On se croisait en silence, espérant que ces coups de téléphone de malheur cessent définitivement, mais au bout de quelques mois ou de quelques semaines, la nouvelle tomba comme un morceau de montagne sur une voiture de touristes, la tuile version large : la voix du téléphone égrena à ma mère les histoires cachées de mon père, de mademoiselle C., en remontant le fil, jusqu'à Jeanine et Hélène. Maman était livide, calme, assise au milieu d'une vie qui la débordait de toutes parts et la recouvrait à la fois.

Elle ne se montra ni furieuse ni hystérique. Rien ne transparaissait sur son visage pâle, c'était l'annonce d'une réplique méthodique. En découvrant enfin ce qu'elle imaginait depuis si longtemps, elle fit preuve d'un sang-froid qui me laissa sur place. « Ça va, maman ? – Très bien », me répondit-elle. Puis elle éclata d'un sanglot maîtrisé, comme pour vider ses yeux des dernières larmes du passé afin d'y voir plus clair, de laisser derrière elle la femme qu'elle n'était plus et de faire place à celle qu'elle allait devenir pour conduire sa nouvelle vie – elle qui ne conduisait guère que sa Citroën jaune pour emmener ses enfants à l'hôpital, chez le médecin ou à l'école. Elle avait décidé de prendre les choses en main, de se mettre en ordre de bataille et de gagner celle-ci, pour réduire à néant celui qui deviendrait son ex-mari de malheur.

Michou était remontée comme un coucou, Lulu avait du souci à se faire.

C'est ainsi qu'elle appela une à une les trois femmes de Lulu. D'abord Hélène, avec qui, depuis de nombreuses années, elle partageait le privilège d'être cocue, maman ayant tout de même une petite longueur d'avance. La conversation fut sage, apaisée, presque amicale. Elles se sont quittées en bons termes.

Avec Jeanine, ce fut plus agressif, comme si maman s'entraînait pour une corrida. C'est là que j'ai vu à l'œuvre, et de façon spectaculaire, les origines basques de ma mère, qui parlait avec une autorité redoutable. Elle, d'habitude nerveuse ou plutôt réservée, enquillait les mots et les phrases avec une articulation parfaite. Ça venait tout seul, aucun signe de faiblesse dans la voix. Les mots touchaient leur cible avec une précision d'archer. Elle raccrocha, puis ce fut le tour de mademoiselle C. à qui elle lança juste : « Tu le veux ? Tu te le gardes et je te souhaite bien du courage ! »

Voilà, c'était fait, il n'y avait plus qu'à dire à Lulu de prendre ses cliques et ses claques, et rendez-vous chez le juge. « Je demande le divorce et tu vas déguster, tu es prévenu. Prépare ta défense, tu vas en avoir besoin. Maintenant je ne veux plus te voir, jamais, va-t'en, tu me dégoûtes. » Paf, prends ça, mon Lulu. « Et va retrouver ta salope », ajouta-t-elle comme on laisse un pourboire à un garçon de café. Maman était toujours généreuse avec le personnel, et un p'tit mot gentil, ça fait toujours plaisir.

Mon Lulu a quitté les lieux sans réclamer son reste. Francis et moi n'étions pas très heureux de cette situation, mais, finalement, le pire était ce qui pouvait leur arriver de mieux. Pour le meilleur et pour le pire, voilà. Je n'avais pas tout à fait saisi le sens de cette phrase.

Michou a ajouté : « On attendra que Marco ait dix-huit ans et ce sera fini. »

D'ici là, Lulu a débarrassé le plancher et Michou préparait son dossier. Ça lui laissait le temps de se mettre en marche avec son aide de camp de patron, Christian, qui lui prodiguerait les conseils les plus précieux. Il était costaud, et son avocat aussi. L'idée de Michou était de dégager le terrain au plus large et de ratisser net. Le grand ménage. La guerre froide, Stalingrad, à côté de ça, c'était de la rigolade, le Chemin des Dames une balade de santé. Je la voyais prête à surmonter cette épreuve et je la découvrais drôle, accrochée à sa vengeance qu'elle voulait déguster chaude. Pas le temps de laisser refroidir, de toute façon Lulu était cuit.

J'étais heureux de cette libération car Michou reprenait vie, elle respirait enfin, et pour elle-même. Mais je ne pouvais m'empêcher d'avoir de la peine pour Lulu.

Une question se posait tout de même après ce coup de théâtre anonyme et téléphonique : qui en était à l'origine ? Qui était le metteur en scène de cette macabre plaisanterie ? Un mari jaloux ? Une ex-copine de passage à qui Lulu avait promis la lune ? Une voisine ? Une amie bienveillante ? Hélène ? Impossible. Lulu lui-même, qui aurait préféré cette solution plutôt qu'un face-à-face trop difficile avec Michou ? Je penchais plutôt pour la Jeanine, à cause de l'épisode de la roulade sur les pavés parisiens, qui, pour un ex-soixante-huitard, marquait un revers historique.

Au fond, je ne voulais rien savoir, ni me mêler de près ou de loin à ce qui désormais ne concernait que mes parents. Mais à entendre les échos qui me venaient aux oreilles, j'ai compris que maman allait faire exploser tout ça façon mèche courte et sans faire de quartier.

Ce fut une période longue et décousue. Michou n'avait qu'une seule idée en tête : raser Lulu, et de très près. Elle ne lâcherait rien. La vie continuait, il fallait profiter de ce qu'il restait, et je finis par nouer une relation nouvelle avec maman, qui faisait preuve d'une grande solidité, même s'il lui arrivait de flancher quelquefois.

Lulu faisait le beau pour ne rien laisser paraître et agissait comme s'il avait le choix. Peut-être l'avait-il, en tout cas il était amoureux de son lotus et c'était déjà bien. Était-ce ce qu'il voulait ? Le beurre et l'argent du beurre ? Je ne crois pas. Il s'était fait à cette idée, même s'il me semblait voir parfois sur son visage un sentiment de regret. De toute façon, la marche arrière était cassée, la question ne se posait pas.

Lulu passait parfois voir sa sœur au 23, à côté de ce qui était encore chez nous. Michou et lui s'arrangeaient pour ne jamais se croiser. Les mois défilaient lentement, j'avais hâte d'atteindre mes dix-huit ans et, en même temps, j'en avais peur. La maison ressemblait à un bureau, un quartier général d'où Michou organisait sa défense ou plutôt son attaque au fil de ses découvertes des vies passées de Lulu. Les problèmes d'argent devenaient sordides, je demandais à être épargné, si possible, de tout détail croustillant. J'entendais parler d'hypothèque, de choses mises au clou… Francis me disait de rester en dehors de tout ça.

Je faisais des câlins à Michou, je voyais Lulu, je voyais Titi, mais dans des endroits différents. Ne rien dire, ou le moins possible, n'aborder que des sujets externes. J'entendais malgré tout « ton père ce salaud » ou « ta mère est une méchante ». Mes parents étaient en instance de divorce et c'était pas joli à voir. Michou avait, aux ciseaux, décapité Lulu de toutes les photos, à toutes les époques. Je trouvais ça dommage, les photos étaient belles et ces découpages appuyaient sur l'horreur, et ces souvenirs amputés ressemblaient à des accidents, des cicatrices.

Michou lui crachait au visage trente ans de haine. Elle n'avalait pas et vomissait chaque jour comme un chat vomit des boules de poils ou des herbes avalées, pour purger son aigreur.

Lulu, de son côté, faisait semblant de sourire, un peu trop tranquille. Il avait les cheveux longs et belle allure, sa silhouette se déplaçait légèrement au-dessus du sol, comme échappée à la réalité de ces instants laissés pour morts, où les repères vous manquent. Il avait sa nouvelle fiancée désormais à plein temps, ce qui était en même temps sa porte de sortie et le poids d'une peine qu'il allait devoir porter et payer très cher. Il était libre, mais de repartir à zéro, je craignais qu'il ne manque de souffle et de temps, et qu'avec celui-ci plus la différence d'âge il finisse par ne plus ressembler à l'image qu'il se faisait de lui-même.

« Ah, t'as voulu une plus jeune, mon salaud, disait Michou froidement, avec une violence frigorifique, eh bien tu vas voir ce que tu vas souffrir, vieux schnock ! »

Je ne le souhaitais pas, ni pour lui ni pour elle. Si divorcer pouvait servir à quelque chose de bien, c'était à apaiser les souffrances, les plaies. Mais je savais que c'était impossible. Plus personne ne se parlait vraiment. Lulu vivait comme un évadé. Michou voulait que le temps passe plus vite, pour quitter cette maison, cette maison que nous aimions tant et qui représentait tant de choses, ce quartier, ces voisins... Francis souffrait sans doute le plus, se sentait obligé et responsable, il assistait aux premières loges à ce spectacle de fin du monde.

Moi, j'avais le théâtre et les rues de Paris pour noyer mes semaines. Je plaçais des inconnus le soir, venus voir les chanteurs, je jouais des personnages qui m'éloignaient de cette réalité. Quand je revenais à Wissous, c'était comme un étranger ou comme un fils qui revenait des Amériques. Je voyais mes copains : avec eux, rien n'avait changé. Ils étaient tristes comme moi, pour moi, ils voyaient bien que j'avais pris de la distance. Il fallait que je me protège, car cette histoire, avant d'être la mienne, était surtout la leur, celle de mes parents. Titi et moi nous en étions les fruits, il nous fallait mûrir, désormais coupés en deux. Nous devions nous construire sans protection, sans garde-fous, sans rien.

Des coups, nous en avions pris chaque fois qu'ils s'en étaient donné eux, nos parents chéris ; on en sentait les douleurs. Leurs bleus auraient du mal à disparaître, nos souvenirs seraient bleus pendant combien de temps encore ?

Durant cette période sans corps ni âme, il régnait ici-bas à Wissous, rue des Acacias, au 21, chez nous, chez moi – du moins ce qu'il en restait – des souvenirs en ruine et des courants d'air mauvais, une ambiance d'avant-guerre ou d'occupation, de débâcle. Il y avait des fêtes un peu trop arrosées, un parfum de cette déchéance qui se noie à perdre conscience. Tous les copains venaient pour remplir le vide et faisaient semblant de croire que notre vie Titanic n'allait pas sombrer.

Donc les fêtes s'enchaînaient et se déchaînaient, guitare, congas, micros saturés et vinyles surjoués, à faire bondir les enceintes, l'alcool se sifflait comme du petit-lait, les joints aux huiles de cannabis se fumaient comme des pompiers sur grande échelle, et ça couchait un peu partout dans le clair-obscur des spots jaunes, rouges et verts. La maison était devenue une boîte de nuit, un resto, une communauté. C'était une jolie façon d'en finir, de brûler nos vaisseaux, de s'exploser les tympans et le reste, tout ça en beauté, les fesses à l'air.

Sauf que... Francis a glissé et s'est tapé la sœur de Billy, qui était très jolie et très mariée, en toute simplicité, normal j'allais dire. Du coup, Billy l'ayant d'abord supputé, puis les ayant surpris la main dans le pot, a trouvé tout naturel d'aller dire deux mots à Amélie, la fiancée coquine de mon frère, qui avait elle aussi la sensation de se faire doubler sans clignotant et en queue de poisson, genre anguille. Deux mots ont suffi à Billy pour le reste : « Viens... Oh, c'est bon ! Refais ça, j'adore. » Dans ces cas-là, on est plus dans l'onomatopée que dans la littérature, plus dans le gémissement que dans le dialogue, on se prend comme ça vient et on se retrouve où tu sais.

Sauf que... mon frère, Titi la châtaigne, s'est senti comme offensé, trahi, souillé, humilié. Tant que c'était lui qui troussait la sœurette de Billou, on restait dans le cadre et les règles de la bienséance, mais de là à ce que mon Billy, du haut de ses seize ans, s'introduise dans les appartements du frérot, il y avait quand même des limites. On a sa fierté, surtout qu'avec l'alcool il était parfois sanguin l'frangin, et avec les cornes au cul, il rigolait plus du tout.

C'est parti comme un p'tit bouchon, le ton est monté comme un thermomètre en canicule. Nous, Billy, Egidio, Coyote et moi, qui pesions en muscles et en courage, tous les trois réunis, autant que Francis, on est monté dans la 2 CV d'Egidio et on s'est tirés comme à Monte-Carlo, façon rallye.

Sauf que… le Titi nous a filé le train et la trouille à la vitesse de Jean-Pierre Beltoise à la grande époque, et là on a cru plusieurs fois, dans un silence de presque mort, louper la chicane en dérapages pas du tout contrôlés. On a finalement décidé de passer par un petit chemin interdit aux voitures que nous empruntions d'habitude à vélo ou à pied pour aller s'allonger dans des pelouses avec des copines en fumant des Kent.

Sauf que… Egidio, le seul, à part Gounnot, à avoir le permis depuis trois jours, a enquillé le petit chemin en raclant les barrières blanches de béton façon campagne, de chaque côté, bien comme il faut, proprement, de gauche à droite. La 2 CV conduisait un peu toute seule. Elle s'est arrêtée dans un bruit d'abandon. Nous sommes sortis par le toit, en ouvrant la capote – puisque, bloqués dans le petit chemin, il nous était impossible d'ouvrir les portières –, croyant avoir échappé à Titi qui, pour l'heure, ressemblait plus à Grosminet.

Sauf que… dans nos souffles de trouillards patentés, on a vu Francis garer tranquillement sa DS bleu ciel au toit blanc au bout du petit chemin qui sentait plus la peur que la noisette. Il a claqué la portière, escaladé la 2 CV en souplesse, avec le déhanché d'un John Wayne pas content, dans un silence à la Jean Gabin avant la baffe, s'est avancé vers nous lentement mais rapidement. On s'est dit voilà, on a fait une belle petite balade, les esprits vont se calmer et bientôt, on en rira comme d'un bon souvenir.

Sauf que… c'est une solution qui nous arrangeait bien tous les trois, mais mon Titi l'avait pas vu comme ça. Ça a commencé par quelques noms d'oiseaux, bon, ça sentait la leçon de choses, l'intimidation, on pouvait espérer en rester là et demain serait un autre jour.

Sauf que… non, on n'était pas demain mais ce soir, et visiblement, l'intimidation n'était pas l'issue finale. Titi a commencé à se mettre en garde, faut dire qu'il aimait beaucoup Cassius Clay et qu'il avait un bon jeu de jambes, des muscles d'acier, un uppercut à faire tomber un cheval de trait. Quand mon frère a armé sa droite que je voyais déjà s'écraser sur le sourire de Billy, je me suis dit qu'après mon pote ressemblerait plus à Michel Simon.

Je ne sais pas ce qui m'a pris, c'est même pas du courage, mais plutôt du désespoir ou du dégoût, je me suis interposé, en larmes, calme et à bout de forces, et j'ai dit à mon frère : « Tu veux frapper quelqu'un pour te soulager, alors frappe-moi », en lui rappelant que si Billy avait glissé sur sa fiancée, lui avait glissé sur la sœur de Billy et que, dans l'absurdité des choses de cette putain de vie, peut-être au fond que j'en méritais une, coupable d'être l'ami de Billy, ajoutant que c'était bon, il avait gagné, on faisait pas le poids, on allait dérouiller, mais qu'il serait obligé de me cogner dessus d'abord.

Sauf que… Francis a pleuré lui aussi, laissant tomber ses poings comme des gants lourds de fatigue, on a tous lâché nos larmes, de façon simple et silencieuse, on est repartis de ce cauchemar.

Sauf que… ce soir-là, j'ai compris que mon frère m'aimait plus que tout et que ses souffrances ne changeaient rien à sa façon de vouloir me garder en vie. Je me suis senti si bête de m’en rendre compte sans vraiment pouvoir le lui dire.

Sauf que… je n’ai pas oublié que l’amour, ce soir-là, a été plus fort que la colère.

Francis avait brûlé ses toiles, comme on brûle ses illusions. Il voulut s'engager plus près des gens, se mettre au service des autres. Je me suis souvent demandé pourquoi mon frère avait été programmé pour me protéger. Et en me protégeant, il avait fini par se sentir obligé ou chargé de protéger tout le monde sauf lui.

Il me protégeait, il protégeait Lulu et Michou l'un de l'autre et d'eux-mêmes, mais lui avançait sans casque, sans pare-balles et à découvert. Il prenait tout, ne disait rien, ne montrait aucune faiblesse ni souffrance, il ne voulait pas faillir. « Pauvre gosse », murmura maman plus tard. Jamais personne, aucune autorité, ne lui a dit : « Je crois en toi, tu as du talent, c'est bien ce que tu fais. »

Je l'admirais, mais j'étais son protégé, et je lui ai sans doute dit trop tard à quel point je savais qu'il était doué. Si quelqu'un avait été là quand il en a eu besoin… Mais c'est lui qui a tout ramassé, comme si son sacrifice était naturel.

Dans ces moments-là, j'aurais voulu être son grand frère.

Ils ont vendu la maison. Ils ont fait les comptes et Lulu est parti sans rien, la queue entre les jambes, avec ses clés de voiture et sa liberté. Maman s'est acheté un petit appartement à Fresnes, pas très loin de la prison, surtout près de Wissous et de mémé Louise.

Après la victoire de la gauche, Lulu a quitté le Parti communiste en même temps que les intellectuels, Fiszbin et compagnie… Il s'est installé dans le Lot et s'est engagé chez les écologistes. Moi, je vivais entre Paris et Fresnes, et j'ai eu la bonne idée de me marier entre-temps avec une femme de treize ans mon aînée – ceci expliquant cela… Les quatre membres de la famille étaient dispersés, et le corps de celle-ci, la maison du 21, rue des Acacias, vendue à la fille d'Angèle Grosvalet, dont la photo à dix-sept ans figurait dans le fameux livre de la Résistance.

Nous restions en contact, mais les effets de

cette fin si douloureuse restèrent pendant longtemps un sujet inabordable.

Lulu et mademoiselle C. se marièrent, elle devint Catherine. Ils vivaient à la campagne, près de Cahors.

Voilà, c'était fait, mais tout restait à faire, à faire et à refaire.

Michou, après le sursaut et une fois le divorce prononcé, fut soulagée d'un poids qui fit place à un vide immense, dans lequel elle s'est enfoncée. Elle a mis la clé sous la porte de sa vie de femme, c'était fini les hommes, elle n'en voulait plus. « Trop d'emmerdes, j'en ai trop bavé, disait-elle, et puis je suis vieille, moche et détruite, personne ne voudra plus de moi. » C'était faux, mais elle n'avait plus confiance en eux ni en elle, le ressort était cassé. Elle parlait souvent de la mort qui la libérerait un jour.

Je m'enfonçais dans les nuits parisiennes, je commençais à vivre de ma vie d'acteur, et chacun de mes succès était pour moi compliqué. Je pensais, à tort ou à raison, qu'ils pesaient sur les toiles brûlées de mon frère, les illusions perdues de ma mère et les ambitions brisées de Lulu. J'avais beau me cacher dans les costumes de mes personnages ou m'écrire d'autres vies, la réalité de leurs naufrages me noyait vivant.

Le malheur des autres m'a frappé en plein cœur. Le sida commençait à tacher la peau des amis qui plaçaient avec moi dans le music-hall parisien où je travaillais le soir, les barmen et serveurs, filles et garçons de théâtres et de boîtes de nuit – Privilège et Palace, Bus, Bains Douches. Leurs rendez-vous nocturnes étaient aussi dangereux que des parties de roulette russe et les nuits hantées de fantômes. Certains étaient montrés du doigt, rejetés par une morale crispée de circonstance. Je voyais mes amis plus malheureux que moi mourir d'amour en écoutant Barbara. Ces années auraient dû être folles d'aventure, elles devenaient folles de souffrance, de solitude. La résistance s'organisait : Chéreau, Koltès, Guibert, Adjani et les autres, les anonymes, les gens de la vie, relevaient la tête en même temps que celle d'une génération en danger.

Je me souviens d'avoir eu honte lorsque j'ai découvert les taches noires sur les joues d'un ami barman que j'embrassais d'habitude comme du bon pain. Il était jovial, avec une petite voix nerveuse et légèrement éraillée, on riait, il ne me faisait payer les verres qu'une fois sur quatre. Le bar du Square était un repaire, une maison. Ce soir-là, j'eus peur de poser mes lèvres sur ses joues. Nos yeux se sont parlé. Pour la première fois, j'ai eu un mouvement de recul. Il m'a murmuré : « C'est pas grave. » Je suis rentré seul, à pied, j'étais déchaussé, je boitais de la vie, mon cœur était une tristesse vénitienne. Je n'ai pas beaucoup dormi. Le lendemain soir, je suis revenu au Square et j'ai rejoué la scène de la veille comme si rien n'avait eu lieu. Je me suis dirigé vers l'escalier qui descendait dans la salle, dans les lueurs rouges des velours éclairés, jusqu'au bar. Il était là, fidèle au poste. Nous nous sommes regardés comme si nous revenions d'un long voyage et j'ai embrassé ses joues tachées. Il a chuchoté « merci » dans mon oreille, je lui ai répondu « non, c'est moi qui te dis merci pour ta grandeur, je te demande pardon, j'ai honte ». Il m'a dit « non, il ne faut pas ».

De son côté, Lulu a recommencé une vie nouvelle, et ça démarrait plutôt bien, mon cochon. Tu avais retrouvé les causses, la vallée du Lot, l'oppidum gaulois et les vins de coteaux. Tu étais bien là-bas, au milieu de la beauté de la nature et du vin de Cahors. Tu étais drôle comme toujours et tu t'intéressais à tout, la moindre brindille, un petit cours d'eau, un coucher de soleil, un verre de rouge : tu faisais un poème de chaque chose. Catherine voltigeait autour de toi, je commençais à la connaître autrement, et même si nous gardions une distance dite de courtoisie, ça passait mieux. J'étais content pour toi. Pourtant, au début, vous aviez campé dans un champ pendant presque une année, en attendant que votre bergerie soit prête.

Bon, tu levais le coude avec toujours autant de souplesse, mais tu étais encore jeune et tu t'apprêtais à rajeunir davantage, car tu allais être papa d'une petite fille et faire de nous ses demi-frères, ce qui allait mettre un sacré coup de vieux à Michou par la même occasion. Toi, encore vaillant et toujours aussi téméraire, tu avais fait ce choix. Sans doute as-tu fait le bon, en ce qui concerne Ophélie. En tout cas, c'était sûr : une petite fille pour un papa, c'est Noël tous les jours. Quand je venais vous voir, c'était la fête. Francis s'était installé à Saint-Cirq puis à Montcuq et je revoyais nos amis de Douelle, la bûche Richard, Meumeu l'ablette, la bavette Claude, Bodel et Milotte. C'étaient des soirées à l'occitane, dans la beauté du Lot qui a toujours été à mes yeux un endroit pour vivre.

Ça coulait dans le bon sens. Même si mon expérience m'incitait à la vigilance, j'y ai cru, et d'ailleurs ça a bien marché pendant quelques années.

Michou travaillait, s'occupait de mémé, elle croisait Denise et Bernard et leurs enfants, ça se passait bien. Ta sœur a toujours été solidaire de toi, tenue par un amour irrationnel – digne, d'une honnêteté sans faille, une femme merveilleuse. Avec Bernard, ils étaient de même nature, des gens rares, et Michou le savait. T'avoir aimé passionnément puis détesté à la folie n'a jamais changé ses sentiments à leur égard. Il faut dire que Denise ne mentait jamais et qu'elle aimait beaucoup maman. C'était la seule chose intacte du temps passé.

Quand Michou a appris la naissance d'Ophélie, elle a pris un coup de massue magistral sur la tête. Puis elle a eu cette phrase qui n'avait rien de méchant, une phrase qui lui a échappé. Sans même s'en rendre compte, sans jalousie, sans aigreur, elle a dit « pauvre petite ». J'étais sidéré, je ne m'y attendais pas. « J'ai souffert, mais aujourd'hui c'est ton père qui va souffrir, et la pauvre petite aussi. Enfin, qu'est-ce que tu veux, c'est comme ça. »

Que tu en baves, ça ne lui faisait pas particulièrement plaisir, mais disons que ça ne lui faisait pas de mal. Mais pour la gamine, elle trouvait ça triste.

À Fresnes, chez maman, c'était comme un petit Wissous reconstitué, un Wissous miniature. Les mêmes couleurs, les mêmes objets, les mêmes disques, les mêmes meubles, une chatte, Mistouflette 2. Elle avait tout remis en place, des dessins rescapés de Francis au mur, les tasses à café, les bibelots, comme un petit musée, les plantes vertes sur le balcon donnant sur les immeubles de la résidence qui longeaient la nationale. Il y avait autant de monde dans la seule résidence du Clos-la-Garenne que dans tout Wissous – une fenêtre parmi les autres. Seules les photos, décapitées de toi, flottaient dans leurs cadres.

Elle vivait dans son monde, entre un passé disparu et un avenir dont elle n'attendait rien. Elle glissait peu à peu dans un semi-sommeil, elle vivait par habitude et par devoir, cigarettes, travail, mémé Louise et les docteurs, le soir un whisky – ou trois. Les cousins, de nouvelles copines, elle avait renoncé.

Toi, jeune papa, tu étais au top. Mais comme les communistes, qui s'étaient fait avaler puis rejeter après digestion aux toilettes du gouvernement pour finir dans les égouts de la société de consommation, tu avais pris un coup violent, et tes rêves de grand soir avaient des allures de gueule de bois après le bal du 14 Juillet.

La révolution était rattrapée par les lois du marché, les socialos avaient viré leur cuti et Georges Marchais était devenu un clown pour le petit écran. La CGT perdait du terrain, le Parti battait de l'aile comme un canard touché à l'ouverture de la chasse, tandis que les jeunes loups de la finance tenaient les premiers rôles au service du grand capital. On s'était fait rouler dans la farine, les travestis des révolutions avaient revêtu leurs habits de dictateurs. Ça faisait mal aux dents de la classe ouvrière, tu le digérais moyen, d'autant que tu commençais à mélanger l'alcool aux antidépresseurs. Et dans ce monde où l'argent faisait désormais la loi, tu perdais les pédales. Voyant qu'avec ton salaire des PTT tu ne pouvais pas péter plus haut, tu étais pétrifié.

Le monde avait changé et personne ne t'avait tenu au courant. Tu étais dépassé par les événements, un cocu de l'histoire, et le mot cocu, tu ne l'avais jamais entendu dans ce sens. Ce qui est douloureux – surtout quand on ne s'y attend pas et que ça t'arrive par l'arrière.

Donc plus de Parti, plus de combats faute de combattants, plus beaucoup de charme. Toi qui avais passé ta vie à courir les jupons et les meetings, tu te retrouvais seul avec des jambes qui n'avaient plus vingt ans. C'était loin d'être une évidence, quand on a été ce que tu avais été, l'acteur principal et adulé d'un film dont très peu de gens se souviennent. Ce fut un des moments les plus violents de ta vie, et ce qui allait suivre n'irait pas dans la bonne direction. En fait, depuis votre séparation, vous vous enfonciez chacun de votre côté.

À une époque, tu as vécu avec Catherine et Ophélie au premier étage de la mairie de Saint-Cirq-Lapopie, un des plus beaux villages de France, perché sur le haut d'un coteau. Son clocher et les vestiges de ses remparts surplombaient la vallée du Lot, c'est un village où nous allions depuis toujours avec Michou et Francis en août. André Breton avait vécu là, laissant dans sa maison des photos de Man Ray et les traces des surréalistes, tes artistes préférés. Les ruelles de ce village étaient des voyages parfumés entre ateliers d'artistes et d'artisans de tout poil. Zographos était un graveur délicat et très malicieux. Vous partagiez le goût des estampes et des scènes délicieusement érotiques. Il était marié à une très jolie femme, Babette, et leur fille Roxane était comme une enfant sauvage, qui connaissait tous les chemins et les jardins secrets de ce village merveilleux.

Une fois, je suis resté quelques jours chez toi, vous étiez bien, mais tu avais toujours des petits problèmes et je n'osais jamais aborder les sujets qui faisaient mon inquiétude et surtout la tienne, toi qui avais tendance à vivre et à boire au-dessus de tes moyens.

Je tournais donc autour du pot et attendais le moment propice pour échanger enfin avec toi sur ces sujets de fond qui nous rongeaient l'un et l'autre. Un soir, alors que nous pissions tranquilles à quelques mètres de chez toi, sous les réverbères et sur un tapis de mousse, je saisis ce moment de soulagement commun pour te faire part des doutes qui résonnaient en moi depuis déjà trop longtemps. Je t'ai dit que j'avais des trucs à te demander, que ta réponse ne changerait en aucun cas ni l'admiration ni l'amour que j'avais pour toi, bien au contraire, cela ferait de nous des complices et qu'il était bon parfois de se dire les choses, histoire de doucher sa conscience et de partir sur des bases nouvelles. En tout cas, j'en avais besoin. Tu m'as dit : « Vas-y l'môme, je t'écoute », alors, comme un funambule, je me suis avancé pas à pas, lesté de mes questions encombrantes. Je t'ai demandé d'une voix blanche de me dire la vérité. Tu m'as lancé : « Vas-y, on va pas y passer toute la nuit. »

« As-tu des problèmes ? – Des problèmes de quoi ? – Avec la carte de crédit et avec l'alcool. » Tu m'as répondu sèchement, sans me regarder : « Pas du tout, je ne vois même pas de quoi tu parles. » Tu as remballé ton matériel en remontant le zip de ta braguette, tu as lâché une bulle et tu m'as laissé sur place. En remontant la ruelle jusqu'au parvis de la mairie, tu m'as appelé : « Viens Marco, on rentre, il est tard. » J'ai fait de même, j'ai remonté ma braguette et j'ai lâché une bulle pour t'accompagner, et je t'ai suivi sans moufter. Tu venais de me claquer la porte au nez, à moi et mes questions à la con, tu ne voulais ni me répondre ni même envisager qu'elles puissent se poser. Je n'aurais peut-être jamais dû t'en parler, car ça nous a foutu un coup de froid qui a duré plusieurs années, mais c'était plus fort que moi.

Mentais-tu ou bien était-ce le monde qui mentait ? J'étais perdu, à court de rêves, je suis parti le lendemain ou le surlendemain, sonné, seul. Il fallait que chacun sauve sa peau ou sa face.

Avant de m'en aller, je t'ai dit, regardant la vallée du Lot : « Tu as vu les petites îles là-bas ? Elles sont jolies. » Tu m'as expliqué : « Oui, c'est les Gounettes. – Ah bon, sans déconner ? » t'ai-je répondu, surpris que ces petites îles portent un nom. Tu m'as dit : « Oui, c'est les îles Gounettes, les fameuses îles Gounettes. » Nous avons éclaté de rire. Tes pirouettes, sur moi, marchaient à tous les coups.

Une fois qu'on a dit tout ça, la vie s'est organisée. Ophélie a grandi et Catherine a travaillé pour un député, un radical de gauche. Bon, c'était pas Che Guevara, mais de toute façon, au train où s'en allaient les choses, c'était limite, mais ça passait. Tu étais devenu un homme de l'ombre, et femme au foyer, c'était pas ton truc. Ça sentait la tisane et toi, tu as commencé à sentir les effets du temps et de tes excès. Michou avait eu le nez creux, les choses basculaient, la nature est ainsi faite, elle a horreur du vide, elle n'a pas d'état d'âme. Un jour, après un bilan sans complaisance, elle te présente la facture. La tienne risquait d'être salée.

Tu avais des problèmes d'argent, de santé, de reconnaissance, et le tout cumulé faisait de toi un animal difficile à maîtriser. Et comme tu continuais à faire ménage à trois avec les tranquillisants et l'alcool, ça a tourné au vinaigre, tu as fait un infarctus. Michou aussi, un peu plus tard – ce qui prouve que vous aviez encore des points communs.

Tu repensais au temps des culottes sur la tête, où tu faisais l'amour à la Jeanine et autres spécimens du même acabit, car tu avais toujours de l'humour, et quand les infirmières venaient t'aider à faire pipi ou à te laver, tu leur disais des cochonneries poétiques. Et comme tu savais leur parler, avec ton air malin et tes yeux coquins, tu les faisais rire. Tu avais encore de la ressource, le héros était fatigué certes, cabossé, mais il était encore debout. Enfin presque.

Sans m'en dire trop non plus, tu m'avais laissé entendre que Catherine te cassait légèrement les bonbons. Comme tu n'étais pas facile à vivre, je n'ai pas posé trop de questions. C'était ta vie nouvelle, tes choix. Nous avions eu notre part du gâteau, celui-ci n'était pas le mien.

Tu venais à Paris quelquefois, seul, pour des réunions qui concernaient l'écologie. Je me souviens précisément d'un de tes séjours. J'avais déjà divorcé depuis quelque temps, mon ex-femme était retournée chez elle, à San Francisco, et Michou s'occupait de mon fils. C'était pour elle comme une vie nouvelle, ça me rendait bien service. Bref, nous avions dîné quelque part, tu avais un coup dans la musette, moi un peu moins, mais j'étais plutôt gai. Nous marchions, on parlait de tout sans aborder les sujets qui fâchent. Une belle soirée. Tu avais vieilli, plus tout à fait le même élan, mais ton œil restait brillant. Tu avais de nouveaux espoirs, ou alors tu cachais bien ton jeu. De te revoir à Paris, cette ville dans laquelle tu avais été comme chez toi, c'était étrange car tu t'y comportais comme un provincial ou plutôt comme un visiteur. Tu n'étais pas atteint par elle, aucune nostalgie, tu ne la regardais presque pas, en tout cas pas devant moi. On a rebu un godet et nous nous sommes dirigés vers la gare d'Austerlitz. Tu marchais un peu bizarrement, tu avais comme un boitillement. Devant la gare, tu avais le souffle court. Tu m'as dit : « J'ai envie de lansquiner. » Ça signifiait une grosse envie de faire pipi. Le café de la gare était fermé. Nous avons cherché le quai correspondant au numéro de ton train pour Cahors et tu répétais sans cesse : « Faut qu'je lansquine, Marco, j'ai mal. » Tu devrais te retenir un peu car tu pourrais pisser dans le train. « Faut faire vite, j'ai trop picolé, c'est la flotte, j'aurais pas dû boire de la flotte. » Je riais et tu me disais : « Ne me fais pas rire, je vais me faire dessus. »

On a trouvé le quai et nous marchions le plus vite possible. Je voyais ta petite tête au bord des larmes et du fou rire, tu te contenais de ton mieux, des gémissements de souffrance s'échappaient de tes lèvres. Tu frôlais l'implosion lorsque nous avons trouvé ta voiture. C'était un train vert, à l'ancienne, avec des compartiments. Tu es monté et tu as hurlé : « Merde, les latrines sont fermées ! » Dans ces trains, les toilettes n'étaient ouvertes qu'après le départ. C'était sans doute le dernier train de nuit et je te revois marcher droit comme un I, boitillant, essayant de ne pas trop en renverser, comme si le moindre mouvement allait faire déborder ta vessie. Tu n'avais pas du tout envie de te taper des heures de train avec le pantalon mouillé. Tu m'as demandé derrière la vitre du train, alors que nous marchions, toi à l'intérieur et moi sur le quai : « T'as rien, l'môme, une bouteille, n'importe quoi ? » Non, et je ne pouvais me retenir de rire. « Te fous pas d'ma gueule, enfoiré », « pardon papa », et là, d'un seul coup, tu t'es arrêté devant un compartiment. Je me suis arrêté en même temps sur le quai, tu m'as regardé dans les yeux avec l'air d'un enfant qui ne sait plus quoi faire, j'ai pensé un instant que le barrage avait lâché et que tu te répandais debout sur toi-même, seul au monde, mais tu avanças solennellement, tu baissas ton pantalon, tu te mis à genoux comme un enfant de chœur devant la croix du Seigneur, tu ouvris ta braguette et la poubelle sous la fenêtre du train, et là, face à moi, tu te mis à pisser dans cette petite poubelle. Ton visage a commencé à se détendre, et je n'en revenais pas, tu vidais ta vessie en fixant mes yeux pleins d'inquiétude, tu n'en finissais pas de pisser. « La poubelle va être trop petite mais j'm'en fous, nom de Dieu que c'est bon. » Je t'ai regardé comme un héros, un homme libre que plus rien ne peut arrêter. La poubelle a débordé et tu continuais à pisser, débordant d'une joie retrouvée. Tu as eu un dernier soupir de soulagement : « Ça fait du bien. » J'étais sur le cul, tu t'es relevé tranquille, comme si de rien, sourire aux lèvres, et tu as continué ton chemin pour chercher ta place. Tu as refermé ta braguette en jetant des petits coups d'œil.

Quand le train a démarré, on s'est regardés, j'ai suivi le train le plus possible, nos yeux s'accrochaient l'un à l'autre en se disant je t'aime, et puis ils se sont décrochés de loin.

Je suis rentré avec ton image à l'esprit, je revoyais cette scène et je pleurais seul sur un pont de Paris, je pleurais de joie et de chagrin.

Les calendriers défilaient et nous gardaient à distance. Géographiquement, j'étais plus proche de maman, et c'est vrai qu'en dehors de sa tristesse elle était plus facile à vivre, il n'y avait jamais de mauvaise surprise.

Le jour est venu où la nouvelle est tombée : tu avais divorcé de Catherine. Pendant ta deuxième hospitalisation, à Toulouse, je n'avais rien noté de spécial, tu étais même plutôt en forme pour un récidiviste de l'arrêt cardiaque. Tu étais rose, les infirmières papillonnaient autour de toi, te caressant les baloches au passage du pistolet pour faciliter l'évacuation des eaux usagées. Tu étais filou comme jamais, fidèle à ta légende.

La nouvelle n'a pas eu l'air de surprendre maman, qui s'y attendait depuis toujours. Elle n'a pas manqué de me dire, de dos dans sa cuisine : « Tu vois, j'te l'avais bien dit, elle a largué son vieux, la Catherine, bien fait pour sa gueule. » Je ne voyais pas grand-chose à ajouter, mais j'étais curieux de connaître l'événement majeur qui avait conduit à cette décision radicale. Tu divorçais pour la deuxième fois, et ça n'avait rien de rigolo. Au téléphone, tu m'as dit : « Oui, on divorce, je suis avec Géromie maintenant, elle est gentille avec moi », sous-entendant que l'autre était devenue méchante. « Ah bon », dis-je avec une certaine naïveté et un léger soulagement, car j'imaginais mal mon Lulu tout seul à son âge vu ses états de service. Même si ça lui pendait au nez, j'aurais trouvé ça plutôt vache.

« J'ai rencontré Géromie à l'hôpital. – Une infirmière ? – Non, une malade dans le même service que le mien. Elle aussi, elle a eu un infar', elle était dans la chambre à côté de la mienne. Comme je me faisais chier et que j'étais malheureux, je suis allé la trousser dans sa chambre, discret, tranquillou, c'était vachement sympa. Ça a duré un peu, du coup j'y allais régulièrement, c'est-à-dire tous les jours. Le radada à l'hôpital, la fête du slip remboursée par la Sécurité sociale, après des années de cotisation, c'est la moindre des choses. Ça se passait très bien jusqu'au jour où Catherine est venue me rendre visite de façon impromptue, ce qui ne se fait pas, t'avoueras. Ne me voyant pas dans ma chambre, elle a jeté un œil dans celle d'à côté et m'a surpris à califourchon sur Géromie, les fesses à l'air et les baloches en action dans ma chemise bleue d'hôpital fendue à l'arrière, façon créole. Surtout que maintenant j'ai les couilles qui pendent comme des sacoches de territoriaux, mais j'ai encore un bon jeu d'jambes, et l'coup d'reins. J'avais même pas fini mon office quand j'me suis mis à l'arrêt comme un épagneul. J'ai dit : "Catherine, ma femme, et Géromie, ma voisine de chambre. Comme elle s'ennuyait, je suis venu lui faire un p'tit câlin, mais rien de méchant, on fait de mal à personne." Catherine ne l'a pas bien pris, elle a tourné les talons, et puis maintenant on divorce. Tu viendras m'voir, je vais habiter chez Géromie près de Narbonne. » Et il a ajouté : « À part ça, ça va l'môme ? Les gonzesses ? »

C'était mon père. Le film ne s'arrêtait pas et les nouvelles bobines n'étaient pas piquées des hannetons. Je me repassais la scène en boucle, il était resté intact, en tout cas pour le radada. Ça m'a plutôt rassuré.

Tu t'es donc installé dans la région de Narbonne, chère à ton cœur à cause de Charles Trenet, y a d'la joie. J'avoue que ton itinéraire de vieux loup me troublait de plus en plus et que depuis l'épisode de la chambre d'hôpital, tu me foutais la trouille. Tout pouvait arriver à tout moment et sans prévenir. Je me disais que tu avais bien tiré sur la ficelle, il était temps à présent que tu profites de ta retraite et que tu calmes enfin le jeu. D'autant que Michou, elle aussi ne pouvant plus faire trois pas sans être essoufflée, fumant toujours des longues, semblait fragile comme une porcelaine ancienne recollée plusieurs fois. Il suffisait d'une fenêtre mal fermée et d'un courant d'air malheureux pour qu'elle soit… je n'osais même pas finir la phrase.

Tu vivais donc en paix avec ta troisième femme dans cette région chantante, et tu semblais couler des jours paisibles bercé par le vent de là-bas, arrosé par le sang du Seigneur auquel tu ne croyais toujours pas mais dont tu connaissais plutôt bien les vignobles.

Jusqu'au jour où, regardant les infos, j'appris que des inondations plutôt sérieuses avaient touché ta région. Je me suis dit : « Tiens, manquerait plus que ça. »

Un coup de fil de Titi me confirma que ton village était dans l'œil du cyclone. Ta maison était totalement submergée, tu avais réussi à hisser Géromie au sommet d'une armoire pour lui éviter la noyade, toujours princier, et tu l'avais maintenue ainsi toute la nuit, tenant le coup dans l'eau glacée. En hypothermie à ton âge, chapeau. Tu avais vu partir à la dérive, dans des torrents d'eau boueuse, à peu près tout ce qu'il te restait, ton livre de médecine, tes bouquins de poésie, les 33 tours de Trenet, de Ferrat, de Brassens, de Ferré et de jazz, tes lunettes, tes vêtements, et, cerise sur le gâteau, ton dentier sur la table de nuit qui trempait tranquillement avait suivi sans sourciller les crues incessantes de ce fleuve jaune et déchaîné. Tu n'avais plus un poil de sec mais tu étais vivant, dans un gymnase, avec des fringues de sport offertes pour les rescapés du sinistre qui portait bien son nom, sur un lit de camp avec ta Géromie sauvée des eaux.

Tu m'as dit quelques jours plus tard : « Ils sont forts, les pompiers, ils ont retrouvé mon dentier. »

J'étais de nouveau face à ta légende, qui retrouvait tout son éclat, et prouvait une fois de plus que les dictons, c'est pas fait pour les cochons. Quand c'est pas l'heure, c'est pas l'heure.

Chez mon psy, où j'allais m'allonger quelques jours par semaine, je commençais toujours par : « Je suis ravi de vous voir, mais je n'ai rien à vous dire. En revanche, j'aime beaucoup vos chaussettes. » Et puis je lui déballais mon linge plus ou moins sale. « J'aime porter des costumes qui me traînent loin d'ici, comme quand j'étais petit. C'est bien, acteur, pour ça. Mais comment accepter d'avoir du succès quand vos parents n'en ont pas eu ? Comment être heureux vraiment quand ceux que vous aimez ont connu bien des malheurs ? Comment être un homme quand votre Lulu de père a trompé la première femme de votre vie ? Comment dire à son grand frère qu'il est un grand peintre alors que vous êtes son cadet et qu'il n'a de cesse de vous protéger ? Comment, comment, comment, comment, comment ? » Et d'entendre : « À la semaine prochaine, l'heure est passée. »

Je rentrais à pied comme d'habitude, en descendant la rue de Rivoli avec ma vie sur les bras, et je souriais à ce qu'il me restait à vivre, j'avais des os à ronger jusqu'à la prochaine séance. J'irais voir le nouveau Woody Allen pour me sentir moins seul, embrasser mes enfants et la femme que j'aime.

Mémé Louise était fatiguée. Vers la fin, Michou s'occupait d'elle comme d'une enfant, elle lui rendait visite deux à trois fois par jour. Mémé n'y voyait plus du tout, ses yeux bleus étaient très très pâles, il fallait la laver, elle était dépendante pour tout. Depuis des années déjà, cette petite mémé agissait chez elle à l'aveugle. Ses lunettes étaient des objets à triple foyer, et, malgré de nombreuses tentatives, ses yeux étant atteints de toutes les maladies possibles, aucune intervention chirurgicale n'avait donné de résultat.

Une fois, mémé, après une opération, put revoir les couleurs, qui avaient presque disparu de son champ de vision. Elle passait parfois de longs instants à les redécouvrir et voyageait dans les tons de sa chemise de nuit. Elle s'étonnait d'avoir presque oublié les roses, les jaunes, les bleus, elle regardait mon visage, à quelques centimètres, et celui-ci, qui était jusque-là une forme floue, devenait de nouveau presque reconnaissable. Elle pouvait nous distinguer de nouveau. Mais cela n'avait pas duré très longtemps. À présent, notre mémé était totalement à la merci de tout, une maladie s'était emparée d'elle et de sa mémoire, elle devenait prisonnière du noir. Je voyais Michou la changer, la laver, la coiffer, et c'étaient là des scènes de vie quotidienne. Louise se montrait agressive et ses souvenirs en allés la rendaient impatiente, voire méchante avec Michou, elle qui avait été si douce et si gentille durant sa vie entière. Ma mère en souffrait terriblement.

Quand elle est morte, je n'étais pas là, et aux funérailles non plus. Je travaillais ailleurs, loin, comme d'habitude, et c'est Francis qui a soutenu maman. Le temps, pour les anciens, basculait. L'ordre des choses, dit-on.

Maman était désormais la dernière de son côté. Fille unique, il lui restait tata Suzanne, la sœur de Louise, qui allait vivre jusqu'à cent quatre ans, le record familial.

De nouveau chez mon psy… Coucou, me revoilà, avec toujours rien à vous dire. Vous avez changé la couleur de vos chaussettes et ce coup-ci, je m'assois face à vous ? Ou bien le canapé, le divan, je m'allonge ? Face à la plante grasse ? Chez nous, à Wissous, un rhododendron grimpait le long du mur de la salle à manger, salon télé et tout le tralala. C'est là que se tenaient les conversations d'hier. J'y ai soulevé des pierres plus grandes que moi. J'ai vu deux jeunes amoureux à peine sortis de l'adolescence, qui pensaient que leur amour était si fort qu'il balayerait toutes les épreuves à la force des battements du cœur. Deux amants éperdus, mes futurs parents qui allaient faire un enfant, mon frère, avant même d'être mariés. Mon père parti pour la guerre demanda une permission pour épouser ma mère, il repartirait au combat en Algérie quelques jours plus tard pour revenir le lendemain de la naissance de Francis, le 28 novembre de l'année 1957. À son retour, Lucien resta muet près de deux ans, l'âme mutilée par cette absurdité, devenu télégraphiste dans l'impossibilité de reprendre ses études de kiné, auprès d'une femme désarçonnée par une dépression nerveuse – dommages collatéraux de la dislocation du monde. Mon frère, victime d'un accident dont personne n'était vraiment responsable, a subi la violence des cris, des luttes pas uniquement verbales de ces deux amoureux. Les nerfs ont lâché bien avant ma naissance, Francis en a porté plus qu'il ne pouvait en supporter, et puis je suis arrivé, désiré mais indésirable, puisqu'on espérait une fille que ma mère appellerait Brigitte, même après ma naissance. Je sentais bien, depuis le jour où j'ai pu raisonner, la dépression de ma mère et les troubles de mon frère, qui fut conduit chez un psychiatre à l'âge de six ans dans un océan de larmes. Je sentais bien ma part de responsabilité en venant au monde. Moi au centre et Francis sur la touche.

Pourquoi, docteur, quand je pense à tout ça, j'ai honte, j'ai peur de mon succès, de mon physique ? Mon physique d'enfant un peu trop rond qu'on prenait pour une fille, et qui pour se défendre se présentait aux autres en baissant son pantalon pour montrer son zizi et crier : « Je suis un garçon ! » Un physique qui parfois se résume, le succès venu, par un mot qui se veut agréable et qui, pour moi, est assassin : beau. Ce mot a quelque chose de réducteur, beau... et con à la fois. La beauté n'est rien à mes yeux sans la force et le combat d'une gentillesse, sans la flamme des sentiments, l'exigence du travail : l'honnêteté. Ce succès, je le remets en jeu chaque fois, pour être enfin accepté pour ce que je suis.

Pourquoi je me connais si peu ? Pourquoi je ne sais rien ? Dans ce monde, plein de gens savent tout ou le prétendent, ils font tous si bien semblant... Sont-ils meilleurs et plus forts que moi ? Pourquoi je place les femmes sur un piédestal si haut que je ne peux y atteindre ? Le bonheur est-il un salaud ?

Docteur, je ne viendrai plus vous voir de peur de trop me voir. Et puis je reviens et puis je m'évade et je reviens encore.

Je poursuis ? Docteur ? Oui ? Il me reste encore du temps ? M'en reste-t-il ?

Je suis venu rendre visite à Lulu, du côté de Narbonne. Tu vivais dans une petite résidence pavillonnaire très simple, aux maisons identiques. Tu étais fatigué, las, tu me parlais encore de Marcello Mastroianni, de Gassman, de Monica Vitti, tu évoquais Trenet, Louis Armstrong, Brassens, Apollinaire. Tu me disais qu'un ami à l'armée pensait qu'Apollinaire était une marque de bière et tu riais, un œil distrait sur les infos, un homme politique, un philosophe prenait la parole, tu lâchais : « Il est d'un con, les couilles m'en tremblent. » Tu étais devenu un vieil anarchiste, ni Dieu ni maître. J'étais baba devant ta liberté, ton incapacité à accepter la soumission. Tu étais le dernier témoin d'un peuple disparu ou en voie de l'être, une espèce à protéger en quelque sorte.

Et puis, encore un verre de saint-émilion, tu me disais : « il a la foufoune qui gratte », et je riais de bon cœur. Tu m'as dit : « Tu t'es bien démerdé, l'môme, t'as jamais rien demandé à personne, c'est bien », et tu m'expliquais que Géromie s'occupait bien de toi, qu'elle était gentille, elle était l'héritière de tes jours. Je t'ai répondu : « Tu n'as pas à te justifier, papa », j'essayais d'alléger ton bagage. Tu m'as souri : « T'es gentil, toi, fais gaffe, j't'aime. »

J'ai dormi dans cette petite maison, nous y avons dîné, j'étais un peu gêné, je restais silencieux, je te regardais avec un sentiment mêlé d'inquiétude et de joie. J'étais heureux que tu sois mon père, d'avoir été ton fils. J'avais tant de choses à te confier et si peu de temps ou de courage, mais je savais que je t'aimais, ça je n'ai jamais cessé de te le dire. Même lors de nos désaccords, c'était comme ça, je t'aimais.

Après le dîner, tu m'as dit : « Je vais arroser le jardin. » Il faisait encore jour et tu t'es dirigé vers le grillage qui séparait ta maison de celle de la voisine, tu as glissé ton zizi à travers le grillage et tu as fait pipi. Tu m'as lancé : « On sait jamais, si la voisine passe… Elle est très sympa, la voisine. » Tu m'as fait rire pour la dernière fois. Le lendemain, un taxi est venu me chercher et je suis reparti à Paris.

Je suis entré dans l'église Saint-Roch comme cela m'arrive souvent. Petit, j'allais en cachette à l'église de Wissous, et j'ai toute ma vie gardé cette habitude de fréquenter la maison de Dieu de façon clandestine. Douelle, Saint-Germain, Saint-Sulpice, Saint-Thomas-d'Aquin, Notre-Dame-des-Victoires et toutes celles que je rencontrais en tournée pour le théâtre ou sur des tournages.

Ce jour-là, comme d'habitude, je ne savais pas pourquoi, je me sentais poussé par un vent spirituel, comme si mon corps avançait sans me consulter. Je m'assis, j'allumai des cierges en pensant à ceux que j'aime sans même y penser. Il me vint à l'esprit une confession, une forme d'autocritique, façon Marx en soutane : pardonnez-moi, je n'ai pas su changer le cours des choses de ma vie, je n'ai pas eu tous les jours le courage de mon enfance, je n'ai pas menti, mais j'ai dû me taire ou faire semblant. J'ai essayé.

Je suis sorti de l'église, j'étais toujours le même, mais différent, comme tout le monde, avec le goût de vivre. L'amour est une tentative aussi fringante qu'autrefois. Je comprenais que, malgré les chagrins, les erreurs, les échecs et la défaite, j'avais, grâce à mes parents, le goût du bonheur, du combat et des victoires. En regardant le ciel, j'ai senti le vent me caresser la joue. J'ai vu dans les nuages, dans les oiseaux, dans les papillons, dans les abeilles, dans les fleurs, dans l'air, flotter les visages de ceux qui n'étaient plus et qui vivaient encore en moi. J'étais bien.

C'est à Bangkok que j'ai reçu un coup de fil de Francis : tu étais tombé, mon Lulu, en glissant du lit sur le sol tout bêtement, une mauvaise chute, et on t'avait transporté d'urgence. En fait, tu étais déjà mort à l'hôpital, mais il n'a pas voulu me le dire pour m'épargner un voyage plus difficile et sans espoir. C'est ma femme qui, à Paris, m'a appris la funeste nouvelle, et je me suis envolé vers Narbonne.

Là-bas, au cimetière, devant le petit bâtiment des chambres froides, Denise, Bernard, Francis et mon ami Abdel m'attendaient. Je suis entré dans cette chambre où tu étais allongé dans un silence définitif. Tu étais beau, plus jeune que quand je t'avais vu la dernière fois, ton visage était détendu et sans trace d'angoisse. Tu portais ton survêtement, des chaussures de sport, tu semblais être un enfant. Tu avais desserré tes mains, tu avais demandé, au cas où, d'éviter qu'on les joigne, pour rester fidèle à tes idées païennes, Denise m'a dit : « Tu as vu, Marco, il a desserré ses mains », et nous avons échangé un sourire. Denise a eu un soupir malheureux, puis elle m'a dit : « Il est beau, hein ? Je vous laisse un peu tous les deux. »

Je suis resté seul avec toi avant que Francis me rejoigne, et durant ce dernier tête-à-tête, dans la folie immobile de ce moment-là, j'ai cru que tu allais ouvrir un œil, que c'était une farce, encore une, que tu allais me dire : « Je t'ai bien eu, l'môme. Viens, on va voir les gonzesses. » Des larmes ont coulé sur mes joues, je les ai essuyées et j'ai posé un baiser sur ton front de glace. Sur les lèvres, j'ai gardé cette sensation depuis.

Je suis sorti, j'ai marché entre les tombes jusqu'à celle de Charles Trenet, ton artiste préféré avec Brassens. Vous étiez proches l'un de l'autre, un hasard de la vie. J'ai fredonné « La mer » et je l'ai vue danser dans mes yeux d'eau salée. Le soir, j'ai emmené Francis et Ophélie dans un bel hôtel à Carcassonne, nous avions besoin d'être ensemble. Je voulais sauver Francis, lui et son habitude de se sacrifier pour les autres, et entourer ta fille, alors on a dormi dans des draps blancs dans le plus bel endroit de la ville. Denise, Bernard et Géromie nous ont rejoints pour le repas du soir et sont repartis dormir chez toi. J'ai dit à Francis de ne prendre aucun des vêtements que Géromie voulait lui donner. Je pense que j'ai bien fait, j'ai protégé mon grand frère. Ophélie était heureuse d'être avec nous, elle t'aimait comme nous, en toute connaissance du spécimen que tu étais. C'est ta fille, aucun doute, tu peux être tranquille là-dessus.

Mes enfants ne t'ont pas connu ou presque, mais ta légende parle d'elle-même et je suis là pour la leur raconter d'une façon ou d'une autre. Tu es tellement en moi, je suis tellement de toi que, même s'il faut du temps, la somme de nous finit par se répandre, c'est les chaînes du sang.

Aujourd'hui nous sommes réunis à Wissous, pour ton dernier voyage dans la section 7 du jardin des pierres et des fleurs de céramique, aux croix craquelées ou brisées par les années de vent et de pluie.

Je voulais te dire que quand tu es mort, Michou a perdu son mari. Elle était en deuil pour de vrai, elle était libre et profondément elle-même, nue de toute rancune. Toute sa vie était là, présente. Car même après le divorce, après t'avoir aimé autant que détesté, tu étais resté le seul homme de sa vie, sa seule histoire d'amour, et j'ai la faiblesse de croire qu'il en était de même pour toi.

Quelques années plus tard, Michou est partie elle aussi. C'est pour moi une chose inacceptable, mais je fais des progrès tous les jours grâce à ma femme, mes quatre enfants et les membres de ma famille à qui je voue un amour sans condition, même s'ils ne le savent pas toujours. Nous avons couché maman dans le caveau avec Georges et Louise, ses parents, comme toi avec Henry et Marie-Louise, tes parents.

Vous êtes morts de la même façon, vous êtes tous les deux tombés sur le sol et vous vous êtes brisés, après deux crises cardiaques, pareil.

Vous êtes séparés pour toujours dans deux tombes différentes, vous faites cimetière à part, mais dans la même banlieue, à un kilomètre à vol d'oiseau l'un de l'autre, bercés par le souffle des avions d'Orly. Maman est dans le vieux Wissous derrière la mairie, proche de l'église, pas très loin de l'épicerie de ses parents, et toi, papa, près des pistes et des terrains de foot, là où tout a commencé, là où tout se termine, en banlieue, à Wissous, l'origine du monde.

Post-scriptum : merci à François Truffaut pour *L'homme qui aimait les femmes.*

PAPIER À BASE DE FIBRES CERTIFIÉES

Le Livre de Poche s'engage pour l'environnement en réduisant l'empreinte carbone de ses livres. Celle de cet exemplaire est de :
200 g éq. CO_2
Rendez-vous sur www.livredepoche-durable.fr

Composition réalisée par Nord Compo

Imprimé en France par CPI
en mars 2016
N° d'impression : 3016305
Dépôt légal 1re publication : avril 2016
LIBRAIRIE GÉNÉRALE FRANÇAISE
31, rue de Fleurus - 75278 Paris Cedex 06